KB149903

The Art of Description

The Art of Description: World into Word

묘사의 기술

느낌을 표현하는 법

마크 도티 지음

정해영 옮김

xbooks

차례

보는 눈이 바뀌면
모든 것이 바뀌기 때문이다.

~

윌리엄 블레이크

우리는 언어의 재료들과
감각적으로 관계 맺는 것을 즐긴다.
우리는 말을 세계로 끌어오고
우리 자신과 사물 간의 간극을
좁히기를 갈망한다.
그리고 그렇게 할 수 없어서
의심과 불안으로 괴로워한다.

~

린 헤지니안

일러두기

1 이 책은 Mark Doty, *The Art of Description: World into Word*, Graywolf Press, 2010을 완역한 것이다.

2 단행본·정기간행물 등에는 겹낫표(『 』)를, 시·회화의 제목 등에는 낫표(「 」)를 사용했다.

3 본문의 모든 주는 옮긴이의 것이며, 옮긴이가 독자의 이해를 돕기 위해 본문에 추가한 내용은 대괄호([ ])로 표시했다.

4 외국어 고유명사는 2002년 국립국어원에서 펴낸 외래어표기법을 따랐다.

< 말로 그린 세상 >

눈에 보이는 것을 말로 표현한다는 건 단순한 얘기처럼 들린다. 그러나 단풍 든 사사프라스 잎사귀의 색조나 어느 8월의 아침에 햇살에 반사되어 반짝이는 바다, 또는 당신의 눈을 빤히 들여다보는 누군가를 보고 내면에서 끓어오르기 시작하는 욕망을 표현할 단어를 찾으려 해 보면, 우리가 보는 모든 것이 손에 잡히지 않으며 모호하고 이해하기 어렵다는 사실이 이내 분명해진다. 수전 미첼이 말한 것처럼, "세상은 약삭빠르고 붙잡히려 하지 않는다".

지각은 동시적이고 중층적이어서 그중 어느 한 측면만을 추려 내어 명명하는 것은 무수히 많은 다른 것들, 그러니까 '감각 중추'—감각이 끊임없이 전달하는 것들에 대한 연속적이고 복잡한 반응이자 우리의 주관성에서 큰 부분을 이루는 포괄적인 영역—의 촘촘히 엮여 있는 요소들로부터 우리의 관심을 돌리는 것이다. 감각 중추를 뜻하는 센서리움(sensorium)이라는 단어는 항상 '센서라운드'(Sensurround)[¤]를 떠올리게 하는데, 이는 일종의 극장용 스피커가 제공하는 총체적인 경험을 묘사하기 위해 고안된 것으로, 우리가 여러 감각 기관들이 전달하는 내용에 완전히 둘러싸여 있고 말하자면 늘 사로잡혀 있는 방식을 다룬다는 점에서 상업적이지만 기념비적인 신조어다. 끊임없이 이어지는 정보의 씨실. 그러나 '정보'는 21세기 필수 단어들 중 가장 무미건조하고 가장 보여 주는 게 없는 단어이며, 깨어 있는 모든 순간 감각이 제공하는 데이터와는 다르다.

시각 장애를 가진 시인 스티븐 쿠시스토(Stephen Kuusisto)는 『눈먼 자들의 행성』(*Planet of the Blind*)에서 그와 안내견이 그랜드센트럴역에서 거대한 벌집 같은 도시 대중교통 시스템 한가운데에 길을 잃은 순간을 묘사한다. 스티븐은 형태와 색들의 어둡고 암시적인 흐릿한 형체를 본다. 나는 '어둡고 암시적인 흐릿한 형체' 앞에 '단지'를 붙이거나 뒤에 '만'을 붙이고 싶지만, 그것은 옳지 않다. 그가 보는 방식이 사실은 세상과 조우하는 풍부하고 매력적인 방식이며, 그것이 스티븐의 요점이다. 그의 개는 숨 가쁜 속도로

¤ 저주파를 이용하여 소리를 귀로만 듣지 않고 몸으로 그 진동을 느끼게 하는 특수 음향 효과 시스템.

물결처럼 전진하는 통근자들로 번잡한 역의 복잡한 통로를 경험한 적이 없고, 스티븐은 충분히 겁을 먹을 수 있는 상황이다. 그러나 그는 이것을 즐거운 경험으로, 지각의 모험으로 전한다. 그와 그의 반려동물 모두 신이 났고, 그 어느 때보다 유쾌하고 즐거운 시간을 보낸다.

우리의 시력이 아무리 좋아도, 청각이나 촉각이 아무리 예민해도, 사실 모든 지각은 제한되어 있다. 우리가 흡수할 수 있는 것은 세상에 대한 부분적인 해석일 뿐이다. 개와 함께 나가는 산책은 이런 원리를 보여 주는 충분한 예시가 된다. 견공이 역사적이고 다면적인 냄새들의 세상을 읽을 때, 인간의 콧구멍은 어쩌면 약간의 오줌 냄새를 감지하거나 아무것도 감지하지 못할 수 있다. 반대로 개들은 우리가 보는 것을 보지 못한다. 개의 시력은 움직임과 미세한 행동을 감지할 수 있지만, 인간의 눈이 구분할 수 있는 색상과 문양을 구분할 수 없다. 한 생물학자의 말에 따르면, 사슴의 경우 빨간색이나 주황색을 보지 못하지만 파란색은 우리보다 훨씬 잘 본다. 파란색이 더 잘 보인다는 것이 어떤 의미일지 그 누가 상상할 수 있겠는가?

모든 설명들은 부분적인 것 같다. 따라서 모든 지각은 잠정적이고, 해석의 기회이며, 추측 게임이라고 말할 수 있다.

조금 더웠던 8월의 어느 날 저녁, 뉴욕의 체리 그로브에 있는 한 선착장에서 불꽃놀이를 보았다. 목재로 된 선착장이 불꽃 쇼가 시작되기를 기다리며 들뜬 사람들로 복작였다. 경찰선과 소방선이 부산하게 돌아다녔다. 첫 번째 폭죽이 하늘로 올라갔을 때, 폭죽을 쏘아 올리는 바지선이 둑 끝에서 불과 100미터도 안 되는 거리에 정박해 있음이 분명해졌다. 우리는 전에 한 번도 경험한 적 없는 방식으로, 폭죽을 쏘아 올리는 다소 산업적으로 보이는 과정을 목격할 수 있었다. 폭죽이 줄무늬를 이루며 동시에 하늘로 올라가면서 금속 바지선이 환하게 밝혀졌고, 우리는 화약 냄새를 맡고 불의 분수가 타닥타닥 소리를 내며 움직이는 것을 볼 수 있었다.

폭죽을 쏘아 올리는 곳 가까이에 있으니 우리의 머리 바로 위에서 마치 포탄 같은 꽃불이 폭발했다. 몇몇 어린아이들은 안심시켜 줘야 했고 충격을 받은 반려동물들은 황급히 달아났지만, 대부분의 사람들은 무척 좋아하며 머리를 뒤로 젖히고 바로 위에서 별 모양이나 환상적인 꽃비처럼 터지는 금색과 녹색, 붉은 자주색의 불꽃들을 흡수했다.

여기서 나는 한숨을 쉰다. 그 마지막 문장이 실제 시각적이거나 청각적인 경험을 비슷하게라도 불러내지 못하기 때문이다. 타 버린 화약 냄새, 그리고 떠다니는 연기에 실려 온 소금과 해조류의 시큼한 냄새가 내 옆에 서 있던 남자의 역겨운 담배 연기와 뒤섞였던 후각적 경험은 말할 것도 없다. 화려한 쇼가 벌어지는 하늘 아래서 우리 오른쪽으로 경쾌한 파란색과 노란색의 작은 고무보트들이 잔물결에 부딪혀 살랑살랑 흔들리는 동안, 발사된 폭죽의 강렬한 불빛이 강물을 요상한 국방색으로 밝혀 놓으며 말초감각을 자극하는 바람에 머리 위의 색들이 복잡하게 뒤얽힌 것 같았다는 느낌도 마찬가지다.

그러나 무엇보다 인상적이었던 건 불꽃이 아치 모양으로 내려올 때, 밤하늘에 그려진 줄무늬와 그 뒤를 따르는 거미 형태의 연기, 불꽃이 있었던 곳에 남은 이상한 비행운과 문양들이었다. 이런 것들은 바람에 의해 벌써 위치가 바뀌고 길게 늘어졌다. 하강하는 빛들의 궤적 뒤에서 일종의 유령 궤적이 마치 밤하늘에 쓴 불꽃들의 눈에 보이는 역사처럼, 이상하게 애초의 궤적과 직각으로 움직였다.

이런 것들을 말 속에 담으려 하는 것은 무리다. 내 경우 눈이 몇 분의 1초 동안 흡수한 것을 다소 서툴게나마 기록하는 데 한 문단이 필요하다. 나는 프루스트가 그랬듯 지각의 동시성을 나타내기 위해 그것을 한 문장으로 담으려고 시도했다. 프루스트는 문장이 바깥쪽 경계를 향해 확장되기를 원했다. 마치 작은 물방울 하나에 반사되는 풍경 전체를 보는 것처럼, 통사 단위의 하나인 문장이 동시에 품은 시간과 공간을 희미하게 느낄 수 있도록 말이다. 나는 프루스트가 아닌 까닭에, 시각적 복잡성을 표현하려는 나의 시도는, 이리저리 끌고 다니다가 결국 자리를 잡았지만 여전히 어딘가 어설프게 느껴지는 의미의 보따리처럼 단어들을 볼썽사납게 만든다.

그렇다 보니 의문을 품게 된다. 왜 굳이? 이 지각의 조각을 말로 표현하는 것이 꼭 필요한가? 나는 왜 그렇게 해야 한다는 강박을 느끼는가?

이것을 설명하려는 시도는 거울 속에서 내 목구멍을 들여다보며 나의 내면을 보려는 것과 조금은 흡사한 느낌이다. 가망 없는 느낌. 적절한 단어를 찾는 것. 그것은 바로 내가 하는 일이고 내 관심의 본질이며 내 자아의 특징이다. 내 친구 루시가 많은 짐을 끌고 여행을 갔을 때, 그녀를 초대한 지인이 미심쩍은 눈으로 물었다. "이게 다 당신 건가요?" 루시는 똑바로 서서 말했다. "저는 그런 부류의 사람이에요." 그리고 그걸로 끝이었다. 그들은 하나의 이해에 도달했다.

그러나 나는 물론 그 정도로 그칠 수는 없다. 대체 감각적 세계를 표현하는 것의 어떤 면이 나로 하여금 그렇게 하도록 만드는가? 이런 갈망의 특성은 무엇인가?

그것은 하나의 갈망이며, 놀라움이나 기쁨, 또는 어리둥절하거나 당황스러운 감정에 직면했을 때 드는 즉각적인 충동이다. 마치 정확히 그것이 이 세상에서 내게 주어진 사명인 것처럼, 갑자기 불타오르는 필요다. 정확한 단어, 또는 보다 모호하게 표현하면 아우성치는 세상에 어울리는 말을 찾아야 할 필요다. 월트 휘트먼은 「끝없이 흔들리는 요람으로부터」라는 시에서 시인으로서 자신의 기원을 어린 시절 롱아일랜드 해안에서 외로운 수컷 새 한 마리의 노래를 들었던 경험에서 찾으며 거기서 하나의 신화를 만든다. 새는 그저 짝을 잃고 그 부재를 노래한 것이지만, 수컷 새의 노래를 우연히 듣게 된 소년은 대답을 해야 한다는, 새가 자신에게 분출하는 규칙적인 그리움의 노래에 대한 답가를 만들어야겠다는 느낌이 들었다.

악마인가 새인가!(소년의 영혼이 말했다)

정령 너는 짝을 향해 부르는 노래인가? 아니면 사실 나에게 부르는 것인가?

그때 나는 어려서 혀의 쓰임이 잠자고 있었고, 이제 너의 소리를 듣고 보니

이제 나의 존재 이유를 깨닫게 되는 순간, 나는 깨어난다,

그리고 이미 천 명의 가수, 너의 것보다 더 선명하고 더 크고 더 구슬픈 천 개의 노래,

천 개의 지저귀는 메아리가 내 안에 생명으로 태어나기 시작했다…

여기서 묘사된 순간은 뇌리를 떠나지 않는 울림의 시작점이며, 일종의 신들림에 해당할 만큼 강력한 본능이다. 천 개의 노래와 함께 깨어난 그는 노래를 멈출 수 없다.

그러나 물론 시인의 노래는 명명의 행위이기도 하다는 점에서 새가 하는 순수한 소리의 분출과는 다르다(새들이 노래할 때 실제로 무엇을 하고 있는지는 분명하지 않지만, 우리가 생각하는 사물들을 '명명하는' 일을 하는 것 같지는 않다). 휘트먼이 지저귀는 철새에게 답가로 불러 주는 노래는 새와 그 새의 상황을 묘사하고, 바닷가에서 노래에 귀 기울인 경험을 묘사하고, 바닷가 자체를 '죽음'이라는 단어를 계속 반복하여 속삭이는 '사나운 노모'로 묘사한다. 이때 휘트먼의 노래는 거울이 되어 필멸의 인간 조건을 비춰 준다. 어쩌면 새의 노래도 그럴지 모르지만, 그것을 과연 누가 알겠는가?

우리는 묘사를 할 때 무엇을 원하는가? 이것은 분명 복잡한 문제다. 말 없는 상태, 다시 말해 매개체가 없어서 우

리가 사물에게 어떤 인상을 받기는 하지만 반응할 수는 없는 문제를 해결하기를 원하는가? 우리의 경험을 얘기하지 않고 그냥 넘어가는 일이 없도록 침묵을 거부하고자 하는가? 아니면 정확함을 기하고 싶은가(하지만 무엇에 대한 정확함인가? 사물의 모습? 이곳에 존재하는 느낌? 또는 죽음에 직면해 있다는 이상한 사실에 대해?)? 아니면 단어들을 세상에 적절하게 끼워 맞추는 만족감을 경험하기 위해, 또는 그런 단어들을 다른 누군가에게 알리기 위해, 또는 심지어 그냥 음미하기 위해 정밀성에 도달하기를 원하는가? 비판 이론은 말의 불완전성에 대한 이야기로 가득하다. 그리고 단어들이 그 대상들에게 모호하게 배정되는 자의적인 것이며 우리 자신의 느낌이 어떤지를 다른 사람에게 전달하기 위해 단어에 의존할 수 없다는 것도 사실이다. 크레이그 모건 테이처(Craig Morgan Teicher)는 이렇게 쓴다. "내가 '쥐'라고 말할 때 당신이 / 정지 신호를 생각하지 않는다는 / 증거가 어디 있으랴?"

그러나 우리는 말 외에 다른 수단을 가지고 있지 않고, 가장 기량이 뛰어난 시인들이 우리 앞에 있는 것을 말로 표현하는 과제에 힘을 쏟아 단어들이 최고의 수준에 맞춰지면, 적어도 한순간은 언어가 제자리에, 매끄럽고 필연적으로 느껴지는 세상과의 관계에 딱 들어맞는 것을 느낄 수 있다. 그것이 꿈이라 해도 어쩔 수 없다. 언어가 경험에 일치하는 것처럼 보이는 순간, 균열은 치료되고, 하트 크레인이 말하는 '노래의 부드럽고 노련한 잘라-붙여-변형하기'(transmemberment)[¤] 속에서 순간적으로 연고가 발린다.

'잘라-붙여-변형하기'라는 단어는 무엇인가? 그것은 신체 부위들이 교환되어 서로 융합되는 것을 암시한다. 셰익스피어의 'sea change'(큰 변화)에 대한 라틴어식 해석이라고 볼 수 있다. 나는 그것을 단어와 세상 간의 융합으로 생각한다. 크레인의 표현을 빌리자면 적어도 '흘러가는 한 순간'은 하나가 다른 하나의 일부가 되어 구분할 수 없어진다.

경험을 적절한 언어 표현에 최대한 가까운 무언가로 옮겨야만 하는 것은 관점에 따라 작가의 축복이거나 작가의 병이다. 자신에게 노래하는 존재가 악마인지 새인지 휘트먼이 확신하지 못한 것도 그 때문이다. 말로 서술되지 않은 삶은 진정으로 체험되는 삶이 아니라고 생각하는 것이 어떤 병의 증상이라면, 결국 그것은 적어도 남들에게 진정한 선물을 주게 되는 병이다. 그리고 묘사된 세계를 인식하는 즐거움은 결코 작은 것이 아니다.

¤ 변형을 뜻하는 transformation, 절단을 뜻하는 dismemberment, 팔다리의 재구성을 뜻하는 re-member를 혼합하여 나온 것으로 보이는, 하트 크레인이 만든 독특한 신조어.

≺ 엄청난 물고기 ≻

"정말 **정확히** 그 일이 벌어진 방식 그대로다." 엘리자베스 비숍은 「물고기」(The Fish)라는 시를 쓰고 거의 30년이 지난 뒤 말했다. "나는 시에서 말하는 것처럼 물고기를 잡았다. 1938년이었다. 아, 하지만 한 가지를 바꿨다. 시에서는 물고기의 입에 바늘 다섯 개가 걸렸다고 말했는데, 사실은 세 개만 걸려 있었다. 나는 그렇게 바꿈으로써 시가 개선되었다고 생각한다."

정말이지 정확성에 대한 까다로운 감각이 아닐 수 없다! 그러나 정밀함에 대한 이런 강조는 조금은 오해의 소지가 있다. 인터뷰어가 비숍의 발언을 옮겨 적으며 '정확히'를 강조했지만, 사실 그녀의 시는 정확히 그 일이 벌어진 **방식**과 더 관련이 크다. 다음은 그 시다.

물고기

나는 엄청난 물고기를 잡아서
배 옆에 매달아 두었다
물에 반쯤 담근 채로
낚싯바늘이 입 한쪽에 박힌 채로.
물고기는 싸우지 않았다.
싸운 적이 아예 없었다.
녀석은 끙 소리가 날 정도의 무게로 매달렸고,
늙고 만신창이가 된
볼썽사나운 모습이었다. 여기저기
갈색 껍질이 마치 고대의 벽지처럼
길게 벗겨진 채 매달려 있었고,
그보다 더 짙은 갈색의 무늬는
흡사 벽지 같았다.
세월에 의해 얼룩지고 훼손된
만개한 갈색 장미 같은 형태들.
몸 여기저기에 따개비와
장미 모양의 석회가 붙어 있고,
작고 허연 바다물이가
우글거렸으며,

밑에는 두세 군데 녹조가
누더기처럼 매달려 있었다.
아가미가 끔찍한 산소를
들이쉬고 있는 동안,
—피가 들어 있어 단단하고 싱싱해서
심하게 베일 수 있는
무시무시한 아가미다 —
나는 깃털처럼 속에 들어차 있는
거칠고 하얀 살덩이와
큰 뼈와 작은 뼈,
극적으로 붉고 검은
번들번들한 내장,
그리고 커다란 모란 같은
분홍빛 부레를 생각했다.
나는 녀석의 눈을 들여다보았다
나보다 훨씬 더 크지만,
깊이가 얕고 누랬고
뒤에 박혀 있는 홍채는
여기저기 긁혀 뿌예진 낡은 부레풀 같은
수정체를 통해 보이는
변색된 은박지에 싸여 있었다.

조금 움직였지만,

내 시선에 응수하기 위함은 아니었다.

—그것은 물체가 빛을 향해

기우는 것에 더 가까웠다.

나는 녀석의 뚱한 얼굴과

턱의 구조에 감탄했고,

그때 보았다.

그의 아랫입술에

—그것을 입술이라고 부를 수 있다면—

여전히 도래가 달려 있는

다섯 개의 낡은 낚싯줄 조각,

또는 네 개의 낚싯줄과 하나의 목줄.

다섯 개 모두 큰 낚싯바늘이 달린 채

입속에서 자라고 있었다.

녀석이 끊어 내면서 끝이 너덜너덜 풀린 녹색 줄,

두 개의 더 굵은 줄,

그리고 가느다란 검은 실이

녀석이 끊어 내고 달아날 때

팽팽하게 당겨졌다가 툭 끊어지면서 구불구불 말린 상태 그대로였다.

마치 끄트머리가 너덜너덜해져

나풀거리는 끈이 달린 메달처럼,
녀석의 아픈 턱에 늘어진
다섯 개의 지혜의 수염.
나는 응시하고 응시했고,
대여한 작은 배 전체를
승리감이 가득 채웠다.
녹슨 엔진 주변으로
기름이 무지개를 퍼뜨린
배 밑바닥의 고인 물에서부터
주황색으로 녹슨 파래박,
햇빛에 갈라진 가로장,
끈 달린 노걸이,
뱃전에 이르기까지,
모든 것이 무지개, 무지개, 무지개가 될 때까지!
그리고 나는 물고기를 놓아주었다.

「물고기」는 아메리카 대륙이 제공하는 갖가지 사물들의 방대한 보고(寶庫)에서 교훈을 얻을 기회를 찾는 전통을 이어 간다. 시는 휘트먼의 「조용하고 끈질긴 거미」나 에밀리 디킨슨의 「풀밭 속 가느다란 녀석」처럼, 말 없는 생명체들을 해석하고, 말 없는 것에게 나름의 방식으로 말을 준다.

에머슨은 "모든 사물은 제대로 보면 영혼의 새로운 능력을 드러낸다"고 썼다. 시인은 자연 세계로 눈을 돌려 면밀한 관심을 기울이고 그 보답으로 교훈을 얻는다. 이 특별한 물고기가 전하는 소식은 인내가 가진 가능성이다. 물고기는 난관을 마주하고서 얻은 생존, 그리고 심지어 승리의 모범이다. 어떻게 "늙고 만신창이가 된" 노병이 영웅적인 모범이 되지 않을 수 있겠는가?

그러나 이것이 그 시의 유일한 의도라면, 아마 시가 훨씬 더 짧았을 것이다. 비숍은 곧바로 요점으로 들어가는 대신 관찰의 경험에 천착했다. 그녀의 목적은 정밀한 탐구의 경로를 추적하는 것이다. 그녀는 다른 곳에서 "정지 상태의 정신이 아닌 활동하는 정신을 극적으로 표현하려 한 바로크식 설교(예를 들어 존 던의 설교)"를 칭찬했다. 이것이 바로 이 시에서 하고 있는 일이며, 이 시는 뭔가에 몰두하는 정신을 세심하게 표현한 본보기다.

첫째, 그녀는 소리와 무게에 주목하며 "끙 소리가 날 정도의 무게"라는 놀라운 문구로 자신이 받은 인상을 공감각적으로 융합한다. 벗겨지는 비늘은 직유를 부른다. 물고기 표면은 엉망이 된 벽지의 상태와 무늬를 떠올리게 한다. 이러한 비유를 만들어 낼 때의 쾌감이 있다. 이 시행들은 이 시가 얼마나 느긋하고 세심한 고찰인지를 암시한다. 시인은 관찰의 정교함이 내재적으로 만족감을 주는 활동이라는 믿음에서 출발하는 것처럼 보인다. 보는 것은 기쁨이자 양심의 가책이고, 특권이자 의무다. 그녀가 화가 페르메이르[¤]를 좋아한 것도 놀랍지 않다!

이제 시의 구조적 발판이 세워졌다. 관심이 외적인 세부 사항에서 내적인 연상 작용으로 옮겨 가며, 정신이 관찰에서 몽상으로 재빠르게 이동한다. 마치 만족할 만한 무언가를 찾듯, 눈이 물고기 표면 위로 쉴 새 없이 움직인다. '카메라'가 이리저리 움직이고, 상하좌우로 돌아가고, 머뭇거리고, 극도의 클로즈업을 위해 들어가고, 그러다 펄떡이는 아가미에 잠시 정착한다.

> 아가미가 끔찍한 산소를
> 들이쉬고 있는 동안,
> —피가 들어 있어 단단하고 싱싱해서
> 심하게 베일 수 있는
> 무시무시한 아가미다—
> 나는 깃털처럼 속에 들어차 있는
> 거칠고 하얀 살덩이와

¤ 우리에게는 베르베르라고 더 잘 알려진, 「진주 귀고리를 한 소녀」를 그린 네덜란드의 화가.

큰 뼈와 작은 뼈,
극적으로 붉고 검은
번들번들한 내장,
그리고 커다란 모란 같은
분홍빛 부레를 생각했다.

이 한 문장에서 비숍은 물고기의 몸에서 인간의 몸으로, 그리고 다시 물고기의 살덩이로 이동하며, 뼈와 살 속에 숨어 있는, 문자 그대로 물고기의 내면세계로 깊숙이 들어간다. 이것은 하얀 속살과 "극적으로" 붉고 검은 내장의 배열과 인상적인 꽃분홍색 부레의 이미지가 우리를 다시 육지로, 기억 속의 정원으로, 모란꽃의 형태와 윤기로 서둘러 돌려보내는 무척 회화적인 구절이다.

뒤따르는 시행들, 뇌리에서 떠나지 않는 여기저기 긁힌 반짝이는 누런 눈에 관한 열한 줄로 이루어진 구절은 지금까지 그 시가 보여 준 묘사 행위 가운데 가장 길고 복잡한 부분이다. 마치 눈으로 보는 것의 선차성에 우리의 초점을 집중시키고, 우리의 관심을 확대하고 우리의 전진을 늦추려는 듯하다. 독자는 화자의 눈에 대해서도 생각하지 않을 수 없으며, 시인은 "수정체를 통해 보이는", "내 시선에 응수하기 위함은 아니었다" 같은 표현으로 우리의 관심을 유도한다. 비숍 특유의 망설임이 처음 등장할 때 진전은 더욱 더 더뎌진다.

> —그것은 물체가 빛을 향해
> 기우는 것에 더 가까웠다.

대시 기호와 뒤따르는 신중한 문구 "그것은 물체가 빛을 향해 기우는 것에 더 가까웠다"로 이루어진 그 짧은 멈춤과 숨 고르기에서는 어조가 크게 달라진다. 시인이 잠시 멈춰 생각하고 스스로에게 질문을 던지는 것은 어떤 의미일까? 이것은 몇 행 뒤에 "그것을 입술이라고 부를 수 있다면"에서도 반복된다.

이러한 망설임은 지금까지 표현한 것들이 꼭 믿을 만한 것은 아님을 보여 준다. 각각의 묘사 행위는 세상을 표현하기 위한 하나의 시도이며, 수정의 대상이다. 지각은 일시적이며, 더듬거리고 생각하고 가설을 세운다. **말하기**는 이제 당연하게 주어진 것이 아닌 문제적 행동이다. 우리는 우리가 보는 것을 이렇게 명명할 수 있지만, 다르게 명명하는 것도 가능하다. 우리가 무슨 말을 해야 하는지에 확신이 없다면, 우리가 본 것을 확신할 수 있을까? 묘사의 일에는 어느 정도의 자의식과 불확실성이 수반된다.

가장 이상한 순간, 화자가 쉽게 의인화할 수 없는 움직이는 눈을 들여다보려 할 때, 시는 성찰적 인식에 접어든다. 물고기의 눈은 "나의 시선에 응수"하지 않고, 살아 있는 생명체의 일부분이 아닌 물체처럼 보인다. 그리고 화자는 평소 습관대로 직유를 통해 이를 익숙한 것에 연결하려 했으나 잘 되지 않는다. 우리는 그러한 망설임에서, 이 낯선 시선에 대한 면밀한 관찰 속에서, 불안의 흔적을 느낄 수 있다.

그런 순간 뒤에 화자가 자신이 보는 것의 의미, 해석의 수단을 포착하기 시작하는 것은 어쩌면 당연하다. 이 노병이 전쟁에서 입은 상처("마치 끄트머리가 너덜너덜해져 / 나풀거리는 끈이 달린 메달처럼")가 많은 시행들을 차지한다. 화자가 눈앞에 있는 불가사의함의 전형을 '읽는' 방식을 포착한 곳이 바로 여기이기 때문이다. 그녀는 물고기를 영웅이라고 주장하고, 이 시가 수집한 지각들을 의미에 연결시킨다. 그러나 그녀의 모든 관찰들이 이러한 '요점'을 뒷받침하기 위해 집합한 것이 아니라는 점에서 이 시는 칭찬받을 만하다. "커다란 모란 같은 분홍빛 부레"나 동요를 불러일으키는 눈이 역경을 버텨 내는 물고기의 능력과 꼭 관계가 있는 건 아니다. 역량이 부족한 시인이었다면 메시지에 들어맞지 않는 내용은 그냥 편집해 버렸을 것이다. 그러나 풍부한 디테일은 물고기가 하나의 상징이 되지 않고 생명을 가진 존재로 남아 있게 해 주고, 이 시가 우리에게 해석을 제공하려 할 때조차 물고기의 불가해성이 온전하게 유지된다.

모든 출중한 시는 고유한 지각적인 특징을 세상에 새긴다. 보는 것을 표현하려는 비숍의 노력은 궁극적으로 보는 행위를 하는 자에 대한 정밀한 묘사를 제공한다. 여기에는 구체적인 특유의 감성이 있다. 시는 성문(聲紋)이다. 출중한 시에서는 특정한 누군가가 말을 하면 그의 존재가 분명해진다.

시인의 삶이나 환경에 대해 전혀 몰라도 된다. 우리는 그저 그녀가 왜 패배와 승리, 또는 생존에 관심을 갖는지를 추측할 수 있을 뿐이다. 그녀 자신이 감당해야 하는 낚싯바늘이 무엇인지 아는 것은 우리의 몫이 아니다. 대신 우리는 그녀의 감각을 아주 바짝 뒤쫓아 가게 된다. 주관성은 그런 디테일로 만들어진다. 우리의 연상과 역사, 우리의 관심과 흥미의 발판, 우리 기분의 미묘한 차이를 통해 알려지는, 세상이 우리에게 인상을 주는 모든 방식들로 만들어진다. 우리는 비숍의 화자와 일종의 수동적 읽기[¤]의 동맹을 형성

¤ readerly. 텍스트를 독자가 수동적으로 읽는 독자적 텍스트(readerly text)와 독자가 마치 저자처럼 능동적으로 재구성하는 저자적 텍스트(writerly text)로 나누는 것에서 유

하고, 강렬하게 명료한 순간에 그녀가 보고 느끼는 것에 가까이 가도록 초대받는다. 이 시는 독특하고 반복할 수 없는 순간을 구체화하고, 언어를 이용하여 온전히 자기 자신이 된다는 게 어떤 느낌인지를 표현하기 위한 양식을 만들어 낸다.

"온전히 자기 자신이 된다는 게 어떤 느낌인지"는 시간의 경험과 큰 관련이 있다. 주관적인 시간이 어떤 느낌인지를 묘사하는 것은 이상하게 어렵다. 벽시계는 그저 째깍거리며 꾸준한 진행을 계속하는 반면, 육신과 정신이 있는 존재들은 도표로 나타내기 힘든 움직임들을 묘사하기 위해 다양한 동사들을 요구한다. 내면성의 시간은 고이고 수축하고 구르고 속도를 낸다. 우리는 감각된 서사의 진행 속에 살고, 그것을 통해 경험이 기억으로 변한다. 그리고 기억은 뛰어난 **영화감독**처럼 과거의 기록을 편집한다. 잘라내고 병치하고 이야기의 방향과 감정에 의해 결정되는 속도를 만들어 낸다. 우리가 어떻게 살아왔는지에 대한 이야기를 제외한 기억이란 무엇인가? 버지니아 울프의 『등대로』에서는 저녁 식사 테이블에 둘러앉은 한 무리의 사람들의 내

래한 비평 용어.

면세계를 해석하는 데 십여 페이지가 소요된다. 그러다가 책의 후반부에서는 몇 페이지 만에 수십 년이 지나간다. 이런 종류의 변화는 중요한 순간은 부풀려지고 관련 없는 부분은 흐려지는, 시간에 대한 우리의 감각을 재현하기 때문에 정확하게 느껴진다.

그러나 초시간성(timelessness)이라는 또 다른 종류의 시간성도 존재한다. 이 서정적인 시간에서 우리는 시간이 순방향으로 이동한다는 인식을 멈춘다. 서정적 시간은 과거의 영향과도, 다가올 사건들에 대한 예상과도 관련이 없다. 대신 그것은 스토리에서 미끄러져 나와서 훨씬 더 유동적이고 덜 선형적인 무언가가 되는, 말하자면 몽상의 내적인 풍경이다. 시간에 대한 이러한 감각은 인과 관계라는 개념이 생기고 우리의 시간 감각이 질서정연한 진행으로 굳어지기 전인 어린 시절에서 비롯된다.

그런 마음의 상태가 '서정적'인 이유는 그것이 음악적이기 때문이 아니라(이런 마음 상태의 표현이 보통 음악적이긴 하지만), 우리가 갑자기 가장자리도 경계도 없어 보이는 순간에 사로잡히기 때문이다. 서사의 각 부분들은 인접해 있고, 서로 이전 순간과 다음 순간에 연결되지만, 서정적 순간은 분리되어 있다. 그것은 대체로 집중하여 시작하고 어떤 사물을 경험하는 데 온전히 몸을 맡기는 것처럼 보이지만, 그런 상태는 특정한 무언가를 가리키지 않는 의식, 상황과 작인과 행동 노선으로부터 분리되어 자유롭게 유동하는 자의식으로 이어진다. 비숍은 앤 스티븐슨에게 보낸 유명한 편지에서 이런 종류의 관심을 묘사했다. "우리가 예술에서, 그리고 예술을 경험하는 데서 원하는 것은 예술의 창조를 위해 필요한 것, 다시 말해 완벽하게 무용한 몰아적 집중인 것 같습니다."

몰아적 집중은 정확히 예술 과정에서 일어나는 일이다. 순간에 몰두하고 현재에 자신을 쏟아붓는 것. 디킨슨이 말하는 것처럼, "의식이나 불멸처럼 날짜가 따로 없는" 것이다. 그것이 예술 작품과 아이들 놀이의 공통점이다. 둘 다, 전력을 다해 완전히 몰입하여 현재 속에서 자신을 잃어버리는 경험이다.

본질적으로 「물고기」에서 서사는 일곱 행뿐이다. 시작할 때 처음 여섯 줄은 우리를 장면 속으로 데려간다.

> 나는 엄청난 물고기를 잡아서
> 배 옆에 매달아 두었다
> 물에 반쯤 담근 채로
> 낚싯바늘이 입 한쪽에 박힌 채로.
> 물고기는 싸우지 않았다.

싸운 적이 아예 없었다.

이 시행들은 지극히 직설적이다. 동사는 단순하고 마지막 두 문장은 군건하게 자리 잡은, 행을 끝마치는 마침표로 짧게 끊어 냈다. 이 사실들에서 우리는 어떤 의심의 여지가 없다고 추론할 수 있을 것이다. 이 내용들은 시의 '객관적인' 층이며, 말하자면 외피다. 이 같은 무심한 내레이션의 스타일은 똑같이 건조한 마지막 행 "그리고 나는 물고기를 놓아주었다"에서 반복된다.

시의 다른 모든 부분은 이것과 다르다. 나머지 69행은 이야기의 내면에 관한 것이고, 관심이 물고기와 연상, 성찰, 상상, 해석 같은 내적 영역 사이를 자유로이 표류한다. 따지고 보면 "엄청난" 물고기이기 때문에, 화자가 너무 오랫동안 "물에 반쯤 담근 채로" 끌고 갈 수 없으니, 이 조우는 아주 짧았을 것이다. 그러나 그것을 묘사함으로써 그 순간은 확장되며 시간에 대한 다른 감각이 만들어진다. 마치 프루스트가 자신의 소설 서문에 언급한 일본의 종이꽃과도 같다. 종이꽃을 물에 넣으면 그렇게 작은 것이 담고 있으리라고 생각도 하지 못할 무언가를 펼쳐 낸다. 보고 또 보면 시간이 열린다. 관심을 유지하면 시간의 진행으로부터 빠져나올 수 있다.

물고기의 눈을 들여다보기까지 시간이 정확히 얼마나 걸릴까? 물고기의 눈은…

나보다 훨씬 더 크지만,
깊이가 얕고 누랬고
뒤에 박혀 있는 홍채는
여기저기 긁혀 뿌예진 낡은 부레풀 같은
수정체를 통해 보이는
변색된 은박지에 싸여 있었다.

…far larger than mine
but shallower, and yellowed,
the irises backed and packed
with tarnished tinfoil
seen through the lenses
of old scratched isinglass.

여기 일련의 아름다운 메아리가 있다. 그것은 때로 단순히 반복되는 모음의 울림이며(far와 larger, scratched와 glass), 때로는 훨씬 더 완전한 압운이다(shallow와 yellow, backed와 packed). 그 다음에는 초성의 반복(tarnished와

tinfoil)과 미묘한 근사운(seen, lenses, isinglass)이 있다. 그런 음악을 만들어 내는 작업은 언어의 표면에 복잡성을 부여하고, 관찰되고 있는 표면에 관심을 갖게 한다. 이런 소리들을 내기 위해서는 혀와 턱 근육이 움직여야 한다. 속으로 읽을 때조차도 미묘한 신체적 참여, 시어들의 무언의 울림이 일어난다. 이 신체성은 세계의 신체성을 반영하는 하나의 방식이다. 신체성은 소리의 진행에 의해 강화되며, 두꺼운 소리는 그것을 발음하기 위해 노동이 필요하다는 것을 의미한다.

물론 여기에는 또한 시간이 든다. "the irises backed and packed" 같은 행을 소리 내는 것은 "I looked into his eyes"라는 평이한 행을 말하는 것보다 시간이 좀 더 길게 드는 활동이다. 미묘한 차원에서 이러한 차이는 시의 속도를 올렸다가 다시 내려서 우리가 시행들 사이를 이동할 때 그런 이동이 화자가 경험한 시간의 특성을 흉내 낼 수 있게 해준다.

비숍은 두세 단어 정도로 이루어진 짧은 행을 통해 시를 전달함으로써 시간을 더욱더 늦춘다. 이로써 문장의 진전이 자주 중단된다. 세 개의 가장 긴 행들—아가미에 대한 묘사, 관통된 턱에 대한 환기, 총천연색의 장소로 변하는 배—은 각각 11행을 차지하고, 각각은 잠깐의 침묵이나 여백에 의해 열 번 중단된다. 이렇게 세심하게 배치된 거듭되는 시각적 지연에 의해 가속도는 떨어진다. 연의 구분에 의한 정지는 없으며, 단순히 작은 지각 단위들의 하나의 긴 흐름만 존재한다. 연 구분의 부재는 곧 이음매가 없다는 말이다. 이는 우리의 관심이 끊어지지 않고 유예되는 것을 암시한다.

이 시가 시간을 이동하여 우리를 변화된 인식의 장면 속으로 끌고 가기 위해 지어졌다면, 왜 시인은 굳이 과거 시제를 선택한 것일까? 다음과 같이 개작해 보면 그 답을 짐작할 수 있다.

> 나는 엄청난 물고기를 잡아서
> 배 옆에 매달아 둔다
> 물에 반쯤 담근 채로
> 낚시 바늘이 입 한쪽에 박힌 채로.
> 물고기는 싸우지 않는다.
> 싸운 적이 아예 없다.
> 녀석은 끙 소리가 날 정도의 무게로 매달리고…

이것은 설득에 실패한다. 현재 시제는 이 모든 상황이 현재 보이고 있으며, 시가 직접적인 지각의 기록임을 주장한다. 그러나 독자는 그렇지 않다고 직관적으로 느낀다. 상황이 일어날 때의 과정이 이처럼 완전하거나 여유로울 리가 없으니 말이다.

대신 시를 지으면서 시간의 두 번째 층에서 물고기에 대한 검토가 다시금 일어나고 있다. 이 '두 번째 층'은 회상의 사색적 차원이다. 명상적이지만 역동적이고 물고기의 몸을 깊이 꿰뚫어 보고, 물고기의 시선의 고유한 특성에 엄격하게 집중한다. 아마도 이 시가 시간의 순서대로 기록하고 있는 기쁨의 경험은 애초의 사건("정말 **정확히** 그 일이 벌어진 방식 그대로다")의 특성일 것이다. 그러나 분명 그 기쁨에 대한 이해, 그런 기분의 원천을 밝히는 해석 작업은 책상에서 진행된 작업이며, 스스로 탐구의 대상이 되는 차원이다. 시의 엄중한 탐구 작업, 또는 적어도 의식의 작업에 독자의 참여를 유도하기 위해 고안된 그런 과정의 설득력 있는 복제다.

비숍은 우리에게 이 사건이 과거의 일임을 말한 다음, 그런 직접적이고 생동감 넘치는 표현으로 우리에게 거리감을 갖지 못하게 한다. 속도를 올리거나 내리는 모든 과정은 그녀가 시간과 유희를 벌이고 있음을 암시한다. 이런 관점에서 볼 때, 그녀의 마무리는 천재적인 면모를 보여 준다.

우리는 마지막 행을 시 전체의 시제와 일치하도록 과거형으로 읽는다. 나는 어제 또는 지난주에 또는 몇 년 전에 물고기를 놓아주었다(I let the fish go). 그러나 'let'은 또한 현재형이기도 하기 때문에, 그 행은 마치 물고기를 놓아주는 시의 마지막 제스처가 여전히 일어나고 있는 것처럼, 뭔가가 지금 일어나고 있다는 직접적인 느낌을 준다.

화자가 얼룩진 장미 벽지를 생각할 때, 화자의 관심은 '지금 여기'를 떠나 있다. 그녀는 더 이상 배에 있지 않고 다른 공간에, 기억과 몽상의 풍경 속에 있다. 그녀는 몸의 경계를 빠져나와 시간과 공간을 자유롭게 이동한다. 나중에 물고기 몸속의 '극적인' 풍경을 생각할 때, 그녀는 잠시 자신에게서 빠져나와 상상 속에서 그 생경한 형체를 꿰뚫고 들어가는 듯하다. 다시 한 번 물고기의 눈을 응시할 때 매우 구체적인 연상을 하게 된다. 오래된 박제 동물의 눈인가? 빅토리아 시대 아이들이 가지고 놀던 뿌옇게 긁힌 부레풀인가? 비숍은 각막에서 멈추지 않고 윤기를 잃은 눈 뒤쪽의 망막까지 들어가는 듯하다. 안과 밖에서, 한쪽에서 다른 한쪽으로, 화자의 경계가 흐려진다.

「물고기」의 화자가 물고기의 턱이 '아프다'는 것을 알고 물고기의 수염에서 '지혜'를 인지할 때, 그녀는 물고기의 삶 속으로 들어갔다. 화자가 응시하고 또 응시할 때, 이런 경계의 흐려짐은 시가 곧 초월을 향해 도약할 터이니 마음의 준비를 하라는 신호가 된다.

이 물고기는 완벽한 생존자일 수 있지만, 그저 영웅적인 본보기로는 눈앞의 세상을 "무지개, 무지개, 무지개"로 가득 찬 것처럼 보이게 만들기에 충분하지 않다. 우리가 시간의 경계를 느슨하게 할 때, 더 이상 외부 연대표의 서사에 갇히지 않을 때, 우리는 그런 감정을 느낀다. 사람들은 늘 자신이 경험하는 이야기에서 빠져나온다. 일상생활은 작은 파열과 사라짐과 내재성의 순간들로 가득하다. 그러나 때로 이런 경험들은 보다 오래 지속되고 보다 심오하다. 배에서 물고기를 잡은 여인은 유유히 인과성에서 빠져나왔고, 타자와의 조우는 세상에 대한 그녀의 감각을 재구성한다.

그런데 행복의 원인이 되는 것이 어째서 동물이어야 할까? 비숍의 또 다른 시에서 기쁨의 경험을 위협하는 무스(moose)처럼, 물고기는 은유일 수 있지만, **단지** 그것만은 아니다. 그것은 여전히 매혹으로 가득하고, 어떤 요점에 종속되기를 거부한다. 물고기가 해석될 때와 그 이후에도 그것의 불가사의함은 지속된다.

그것은 부분적으로 동물들에게 말이 없기 때문일 것이

다. 우리의 언어는 말이 존재하지 않는 영역으로 난입하고, 그 과정에서 우리는 우리의 묘사 행위가 우리를 동물과 연결해 주는 다리이자 동물과의 거리를 보여 주는 증거임을 이해한다. 우리가 동물에게 다가가기 위해 의존하는 바로 그 도구가 우리의 접근을 저지하는 것이다.

니콜슨 베이커는 자신의 소설 『앤솔로지스트』(*The Anthologist*)에서 이 시에 대해 말한다. "물고기는 묘사되기를 원치 않는다." 그 시에 대한 베이커의 해석—아니면 그의 견해라고 말해야 할까?—은 눈부시다. 물고기의 턱에 매달린 낚싯줄(line)은 시의 행이다. 그는 이것을 "이 늙은 물고기를 시 속으로 끌어와 운을 맞추려는 다른 모든 시도들"이라고 표현한다. 물고기는 놓아주어야 한다. 왜냐하면 "물고기로 시를 지으려고 노력한 뒤에 그것을 다시 현실로 돌아가게 해 줘야 하기 때문이다… 그것은 너무 오래 검사당하지 않고 자신의 세계를 호흡할 필요가 있다."

우리의 상상력이 우리의 것과 다른 마음을 만날 때, 갑자기 우리 자신의 본성에 대한 의문이 제기된다. 우리는 자신이 보는 것에 의문을 제기하기 위해 우리 눈을 물고기의 눈과 나란히 둔다. 여러 가지 인식이 존재할 때, 우리는 의식을 당연하게 받아들일 수 없다. 결과는 어지러운 불확실성이다. 그리고 그것은 곧 구원이다(결국 우리가 자아를 모른다는 사실을 인정하는 것은 구원이 아닐까?). 인간의 오만함과 영혼을 잠들게 하는 무감각한 확실성에 대한 교정이다. 시인으로 하여금 끊임없이 말하도록 하고 세상에 대한 여러 가지 해석을 하도록 만듦으로써 그런 해석들의 필연적인 불완전성과 읽을 수 없는 생명체를 규정하는 것의 불가능성을 이해하게 하는 것은, 존재가 무엇인지 말할 수 없다는 사실에 있다. 어쩌면 서정시의 꿈은 단지 마음의 상태를 표상하는 것이 아니라 독자들에게 그런 마음의 상태를 불러일으키는 것이리라. 비숍의 시는 우리를 활기 있고 자유롭게 하는 불확실성에 대한 감각을 회복시켜 준다.

그러나 물고기와 무스가 왜 기쁨을 불러일으키고 자신에게 다시금 활기를 불어넣어 주는지를 설명하려 하면서, 내가 하는 일이라고는 타자가 말이 없다는 사실 옆에 또 다른 언어의 구성체를 배치하는 것뿐이다. "그것을 다시 현실로 돌아가게 해 줘야 한다"라는 베이커의 말은 옳다. 물고기의 몸과 털이 난 무스의 옆구리는 확실성을 무시하고, 명확한 설명을 거부하고, 그때와 지금, 나와 너 사이의 관계를 흐릿하게 한다. 그리고 그것들은 우리에게 교훈을 주는 동시에 우리에게 저항하는 존재로 존속한다. 사람들이 그렇게 되도록 허락한다면 말이다.

< 기억되는 별들 >

그렇다면 묘사, 또는 좋은 묘사가 실제로 묘사하는 것은 의식이다. 다시 말해 물질세계 위에 존재하면서, 거기서 보는 행위를 하고 있는 자아의 복잡성을 비추기에 충분할 만큼 다양한 특성을 지니고 있고 광택이 나는 유리를 발견하는 정신이다.

예를 들어 형이상학파 시인 헨리 본의 시 「그의 책에게」(To His Books)는 이렇게 시작한다.

> 눈부신 책들이여! 우리의 약한 시력에 대한 통찰력이여,
> 구별하는 빛의 선명한 투영이여,
> 타오르고 빛나는 생각들이여, 인간의 사후의 날이여,
> 달아난 영혼들의 궤적과 그들의 은하수여,
> 죽었으나 살아서 분주한 자들…

시를 시작하는 구절에 감탄사를 사용하는 것—**눈부신 책들이여!**—은 활력적인 제스처다. 그것은 다음 행들이 똑같이 약동감 있게 그 구절을 풀어놓으며 우리에게 그것이 함축하는 내용을 읽도록 안내할 것임을 약속한다. '눈부신'은 분명 우리가 인쇄된 책을 생각할 때 제일 처음 떠오르는 형용사는 아니다. 물론 시인이 시를 쓴 과정을 되짚어 확인할 길은 없지만, 나는 그가 맨 처음 떠올린 구절이—(미안한 말이지만) 그것도 거의 즉각적으로— 바로 이 내용이었을 거라는 데 내기라도 걸겠다. 우리가 즉시 감지할 수 있는 것보다 더 많은 의미가 담겨 있는 구절, 이를테면 우리보다 더 많은 것을 아는 것처럼 보이는 말뭉치의 등장은 시인들에게 익숙한 경험이다.

뒤따르는 행들에서 우리는 헨리 본의 박력 있는 사고의 진행을 느낄 수 있다. 책은 우리의 흐린 시야에 빛을 밝혀주기 때문에, 우리가 세상에서 길을 구별하도록 도와주거나 우리가 올바른 길을 보기 힘들 때 어려운 선택을 하는 데 도움을 줄 수 있는 제등을 비춰 주기 때문에 눈부시다. 그러나 책이 눈부신 이유는 생각과 창조의 눈부시게 밝은 에너지, 지면에 새겨진 의식의 광휘 때문이기도 하다. 그리고 갑자기 본은 책 속의 생각은 더 이상 시간에 묶인 인간의 몸에 담겨 있지 않기 때문에, 그것이 우리보다 오래 살고 '사후의 날'이 된다는 것을 인식하는 것 같다. 책의 빛이 사후의 날이라니, **만들어진** 햇빛이 무덤을 지나서까지 빛난다니 얼마나 아름다운 발상인가?

그러나 시의 범위를 크게 확장하는 것은 숨이 멎을 듯한 바로 다음 행이다. "달아난 영혼들의 궤적과 그들의 은하수여"는 이 책들을 창공을 가로지르는 빛나는 띠로 만들고, 우리에게 별들 자체를 인간이 지나간 증거, 가 버린 의식의 여전히 타오르는 궤적으로 생각하도록 권한다. 우리는 순식간에 도서관에서 우주로 이동하고, 그 과정에서 우리가 놓쳤던 것이 갑자기 다시 소생하며 예기치 않게 부활한다. 삼백여 년 뒤 수전 하우(Susan Howe)가 같은 맥락의 얘기를 한다.

> 나는 자유와 야생의 장소로서 도서관을 표현할 말을 찾고 싶다. 종종 사후세계의 원료인 종이에 포위된 채 책 더미 사이를 혼자 건노라면 제목과 언어들의 거대한 집회로 인해 내 영혼이 흔들렸다… 나는 죽은 자들을 위해 글을 쓴다고 생각하기를 좋아하지만, 또한 시인으로서 내 삶이 그들의 입술과 그들의 발성, 그들의 숨결에서 비롯되었다고 생각한다.

묘사는 생각의 방식이다. "눈부신 책"의 동격어들을 만들어 내면서, 본은 하나의 형이상학, 인간에게 주어진 필멸의 조건을 지워 내려는 시도에 대한 반론을 펼치는 듯하다. 그것은 놀랍도록 비기독교적인 사후세계다. 영원히 살기를 원하는가? 그렇다면 글을 쓰라! 하지만 농담이다. 실제로 본은 비록 불온하긴 하지만 누구보다 기독교적인 시인이었으며, 여기서 일종의 상징으로 책의 사후세계를 제안한다. 이것은 별들마저 **우리**의 빛으로 보일 만큼 영혼의 영속성에 대한 깊은 믿음이 있다는 증거다.

조지 허버트의 「기도」도 유사한 방식으로 짜여 있다. 이 시는 그 제목의 동격어들 또는 은유적 등가물의 목록으로 구성된다. 어떤 의미에서 묘사적인 문구들의 사슬일 뿐이지만, 여기서 생각과 명명의 작업이 일어난다. 그것은 시인이 기도란 무엇인가에 대한 복잡한 개념까지 나아가며 거의 물리적으로 만져질 듯한 뚜렷한 주장을 펼치는 과정이다.

> **기도**는 교회들의 향연, 천사의 시대,
> 태어난 곳으로 돌아가는 인간에게 깃든 하나님의 숨결,
> 쉽게 풀이한 영혼, 순례 중인 마음,

하늘과 땅의 깊이를 재는 그리스도의 다림추

전능하신 신에 맞서는 병기, 죄인의 탑,
거꾸로 치는 천둥, 그리스도의 옆구리를 관통하는 창,
엿새의 세상을 한 시간 내에 바꾸는 것,
만물이 듣고 두려워하는 일종의 선율.

부드러움과 평화, 기쁨, 사랑, 축복,
환희의 만나, 최고의 기쁨,
일상의 천국, 잘 차려입은 인간,
은하수, 낙원의 새,

별들 너머로 들리는 교회의 종, 영혼의 피,
향료의 땅, 이해된 어떤 것.

허버트는 동사의 사용을 자제하고('기도는 …**이다**'로 표현하지 않고), 기도에 대한 정의의 유연한 사슬로 시를 진행시킨다. 이 이름들의 열거는 가장 아름다운 묘사 방식 중 하나다. 그것은 찬양의 용어들을 축적하는 호칭 기도의 방식이다.

그러나 휘트먼의 비교적 덜 강렬한 몇몇 작품들을 읽은

독자들이라면 알겠지만, 목록은 쉽게 무감각해질 수 있다. 허버트는 묘사적 문구의 축적을 역동적이고 전진하는 것, 투쟁의 증거를 포함하는 것으로 만든다. 이것은 첫 번째 연의 요란스런 찬양 뒤에 등장하는 충격적인 두 번째 연에서 특히 분명하게 드러난다. "전능하신 신에 맞서는 병기, 죄인의 탑"에 이르러서야, 우리는 이전 행의 동사로 떠밀려 간다. 기도는 하늘과 땅 사이를 가로지르는 빠른 방식이며, 그것의 '다림추'는 두 번째 연의 깊은 곳으로 이어진다. 기도로 하나님을 야단친다는 생각, 즉 단어들을 전쟁 병기로 이용하고 천둥을 내리치던 하나님에게 천둥을 되돌려 주기 위해 탑을 쌓는다는 생각을 하는 것은 범상치 않은 일이다. 그러나 하나님과의 대화의 형태이기도 한 그런 종류의 분출을 담은 것은 허버트의 시를 확장시키고 신과의 교감이란 무엇인가에 대한 그의 고찰을 넓힌다.

몇 행 뒤에 여기서도 은하수가 나온다. 그것은 분명 이 언어의 목록 중 가장 사랑스러운 부분에 속한다. 이 구슬처럼 엮은 찬양들은 다양한 어조와 명사들의 놀라운 혼합, 그리고 주로 감정적이고 지적인 과정에 대한 풍부한 관여에 의해 한결 활기를 띠어, 기도가 종소리와 향료의 냄새와 피의 날카로운 울림을 가져온다.

시의 모든 감각적 정밀함과 표현의 명료성 뒤에, 허버트는 예기치 못한 마지막 문구에 도달한다. "이해된 어떤 것." 덜 훌륭한 솜씨로 다뤘다면 '어떤 것'은 모호하고 일반적으로 보였을 테지만, 여기서 이러한 이해의 본성은 정의되지 않은 채 열려 있어야 마땅하다. 그것은 기도의 복잡한 특성을 불러일으키려는 네 개의 연 전체에 걸친 시도에서 발생하는 모든 것들의 총합이기 때문이다. 우리는 앞에 나온 모든 것과 그밖의 다른 것을 담은 막연한 표현에 도달한다. 언어를 거부하는 내적인 이해, 이 시에서 가장 효과적으로 '이해'라고 표현된 은총에 대한 직관. 허버트는 신성함을 그저 **느끼는** 것에서 만족하지 않는다. 그는 이해라는 능동적 작업을 중시한다. 마치 어조와 연상의 사용역(使用域)이 각기 다른 구절들의 사다리를 올라 이 최종 사다리 칸에 도착하는 것 같다. 그것은 표면적으로 가장 단순해 보이지만, 언어가 거기서 더 높이 올라갈 수는 없다.

제라드 맨리 홉킨스의 숨 막히는 소네트 「별이 빛나는 밤」(The Starlight Night)에서는 그보다 더 많이 갈등하고 더 열렬한 숭배자가 하늘을 향해 시선을 돌린다.

> 별들을 **보라**! 하늘을 올려다보라!
> 오, 공중에 앉아 있는 모든 불의 사람들을 보라!

환한 촌락과 둥글게 둘러싼 요새들을!

어둑한 숲속 아래에 금강석 동굴들을! 요정들의 눈을!

금이, 수금[¤]이 깔린 차가운 잿빛 잔디밭을!

바람에 나부끼는 하얀 마가목을! 불이 붙어 너울거리며 타오르는 백양나무를!

농가에서 깜짝 놀라 날아오르는 눈송이 같은 비둘기를!

아 정말! 모두가 사야 할 값진 것들, 획득해야 할 소중한 경품이로다.

그렇다면 사라! 그렇다면 입찰하라!—무엇으로?—기도와 인내와 자선과 맹세로.

보라, 보라. 과수원 나뭇가지 위에서처럼 흐드러지게 핀 5월의 꽃을!

보라! 노란 가루가 묻은 갯버들에 맺힌 듯한 3월의 꽃을!

이것들은 사실 헛간이요, 그 안에 볏가리가 있다.

이 밝은 조각 울타리가 남편 그리스도의 집을 에워싼다.

그리스도와 그의 어머니와 모든 성자들을.

홉킨스는 여기 세상의 표면, 눈부신 밤하늘을 미친 듯 사

¤ quickgold. 수은(quicksilver)에서 힌트를 얻어 시인이 만들어 낸 말.

랑하는 것처럼 보인다. 그는 시를 시작하며 같은 명령어를 세 번 반복한다. **보라, 보라, 보라**. 마치 누구도 그런 경이를 본 적이 없었음을 암시하는 듯하다. 그는 마치 장관에 응답하듯 비유적 표현들을 중첩하며 우리에게 여섯 행으로 이루어진 도취된 묘사를 제시한다. 그것은 예수회 교도 시인치고는 기묘하게 이교도적인 이미지로(불의 사람들, 둥글게 둘러싼 요새들, 요정들의 눈), 몇십 년 뒤 젊은 예이츠가 「켈트의 황혼」(The Celtic Twilight)에서에서 노래하는 켈트 신화 세계의 느낌이 묻어 있다. 홉킨스는 자연 세계에 대한 정밀한 관찰로 공책을 채웠고, 시에 등장하는 나무들—마가목, 백양나무—은 아마도 거의 일상적인 산책에서 나온 것들이지 싶다. 이 두 나무는 모두 이파리 뒷면이 희끄무레해서 바람에 나부끼면 흰색으로 반짝인다. 수시로 변하며 불안정하게 반짝이는 나뭇잎에 대한 시각적 경험이 시인을 다음에 오는 의외의 이미지로 이끈 듯하다. 별들을 농가에서 문이 열릴 때 깜짝 놀라 날아오르는 새로 생각하다니, 얼마나 의외적이고 사랑스러운가! 그런 흩어짐은 별들에게 동작뿐 아니라 소리까지 부여하는 듯하다. 이 새들은 '눈송이 같은 비둘기', 즉 아주 사소한 동작 또는 불길에서 튀어 오른 불똥이나 재로도 쉽게 동요하는 작은 존재로서 모두 이방인이 된다.

묘사하는 단어들의 현란함을 더 이상 지탱할 수 없어 보이는 순간, 홉킨스는 걸음을 멈춘다. "아, 정말!"은 계속할 수 없음, 이런 비유들 중 어느 것도 시인이 요구하는 작업을 할 수 없음을 암시하는 것처럼 보인다. **모든 것**이 가치 있고 모든 것이 획득해야 할 경품이지만, 어떻게 우리가 세상을 소유할 수 있으며 어떻게 소유하게 되는지 말고 달리 무슨 말을 할 수 있을까? 우리는 별빛이라는 웅장하고 눈부신 경매에서 입찰할 수 있는 통화로 무엇을 가지고 있는가? 사제로서의 화자가 우리에게 네 개의 단어, **기도**, **인내**, **자선**, **맹세**를 제안한다.

그러나 시인이 정신적인 조언의 방향으로 접어드는 듯 보이는 순간, (여기서 홉킨스의 다른 시에서와 마찬가지로 지상의 기쁨과 하늘의 요구 사이에 조화를 이루려는) 세상을 찬양하는 화자가 다시 한 번 무대를 차지하고 그의 관심을 위쪽으로 이끈다.

영어로 된 소네트 중에 같은 단어를 여섯 번이나 반복해서 쓰는 소네트가 또 있을지 의문이다. 이 구절은 **보라, 보라**로 시작한다. 마치 이전의 수사적 시행들에서 화자가 말한 모든 것이 물리적 실재에 의해 전적으로 압도되는 듯하다. "과수원 나뭇가지 위에서처럼 흐드러지게 핀 5월의 꽃을(May-mess, like on orchard boughs)"은 내 안에서 행복의 상태를 유발하여 비평적 이야기를 사실상 불가능하게 만든다. 하지만 나는 시도하련다. 전적으로 예상 밖의 단어인 'mess'[¤]와 그 행의 나머지 부분 사이에는 경이로운 긴장이 존재하며, 그것은 묘사적인 말의 양극성을 보여 주는 내가 생각할 수 있는 가장 좋은 예라고 말하겠다. 'May-mess'에는 두운체의 쾌감이 있다. 그 시가 열거한 네 종류의 나무와 마찬가지로 영국인들의 오랜 전통의 영역에서 비롯된 것으로 보이는 시적인 장치다. 이 행에서는 나란히 펼쳐진 별과 과수원의 꽃들을 **보라고** 두 번 말함으로써, 화자의 성격과 열정, 그리고 그에게는 신의 감각적 증거인 무언가에 압도되는 아찔한 쾌락에 대한 우리의 느낌을 두 배로 강화한다. 그리고 나무 하나가 더 추가된다. 이른 봄 노란 꽃차례가 핀 갯버들이다. 그런 다음 소네트는 놀라운 끝부분으로 향한다. 제7행에 나온 그 농장 안마당이 홉킨스의 상상 속에 여전히 남아 있는 것이 분명하다. 그것이 시인으로 하여금 자신이 열거한 모든 찬란한 아름다움을 특이하게도 헛간으로 바꾸는 비유를 하게끔 이끈 것으로 보이기 때문이다. 모든 반짝이는 불 속의 별들은 신을 모시는 헛간이며, 단순히 진정 찬란한 아름다움을 담고 있는 '밝은 조각 울타

¤ 원래 어수선함, 엉망을 뜻하는 다소 부정적인 뉘앙스의 단어이지만, 여기서는 흐드러지게 만개한 꽃을 표현한 것으로 해석했다.

리'(piece-bright paling)일 뿐인가?

'piece-bright paling'은 약간의 해석이 필요하다. paling은 일렬로 늘어선 수직의 뾰족한 막대기, 즉 말뚝 울타리다. 우리가 'beyond the pale'(도리를 벗어난)이라는 익숙한 문구를 반복해서 사용할 때, 도널드 홀이 죽은 은유라고 부른 것을 쓰고 있는 것이다. 다시 말해 그것이 상투어가 되었거나, 의미를 만들기 위해 이용하는 수단이 현대 언어에서 유의미함을 잃었기 때문에 우리가 더 이상 비유임을 알아차리지도 못하는 비유를 말이다. 'beyond the pale'은 울타리 밖으로 나가는 것을 뜻하지만, 생존하는 영어 사용자 중에 울타리를 'pale'로 생각하는 사람이 있을 것 같지는 않다.⌑

'piece-bright'는 흰색 페인트를 발라 번들거리는 개별적인 말뚝, 하늘에 있는 주인의 빛나는 울타리를 암시한다. 그러나 폴 마리아니(Paul Mariani)는 'piece-bright'가 동전을 가리키기도 한다고 해석함으로써, 사고 입찰하는 내용이 등장하는 시의 중간 행들로 우리를 데려간다. 또한 홉킨스는 우리가 이 부분을 읽으면서 동음이의어인 'peace-bright'도 듣기를 원했을 것이다. 'paling'은 마지막 행에 그리스도가 등장하면서 새벽에 별들이 희미해지는 것도 암시한다.

⌑ pale에는 '창백한', '흐릿한'이라는 뜻과 '말뚝 또는 울타리'라는 두 가지 뜻이 있다.

그것은 또한 별들 자체는 그것이 담고 있는 신성에 비하면 하찮아 보인다는 것을 암시하기도 한다(여기서 그리스도가 헛간에 살기 때문에 일종의 동물로 비유된다는 점은 여전히 이상하고 무척 흥미롭다. 우리가 여기서 예수의 탄생 현장[마구간]을 떠올려야 할까? 아니면 예수를 변신하는 짐승으로 생각해야 할까?).

별들 자체는 희미할 수 있지만, 그것들이 여전히 이 시에서 아홉 행을 차지하고 있으며, 그 행들에 느낌표가 열한 개나 붙었다는 것은 시사하는 바가 크다. 별들이 단지 성자들이 사는 농가라면, 이 시인은 진정으로 헛간을 사랑하는 게 아주 분명하다.

여기 적극적인 사고의 과정으로 별을 묘사하는 또 하나의 예가 있다. 하트 크레인의 위대한 연작 시 「항해」(Voyages)는 두 연인 사이의 황홀한 결합의 과정을 추적한다. 한 명은 바다에서 '섬들의 아다지오'를 거쳐 가고 있는 반면, 시인의 화자는 그들의 열정을 강력한 은유로 재창조함으로써 둘 사이의 거리를 메운다. 바다의 잘라-붙여-변형하는 능력(transmembering power)이 그들을 오르가슴의 순간, 즉 "잠, 죽음, 욕망이 / 부유하는 꽃 한 송이 속에 한순간을 에워쌀 때"로 데려가는 완전한 몰입이다.

제5편에서 위기가 발생한다. 두 사람은 다시 함께 있는 것으로 보인다. 아마도 다시 크레인의 아파트 건물 옥상에서 이스트강과 "만의 하구들이 엄격한 하늘의 경계를 점점이 수놓은" 풍경을 바라보고 있는 것으로 보인다. 그리고 그런 엄격함은 그들에게 영향을 미친다. 그들의 친밀함은 '해적질'로 훼손되거나 줄어들었다. 이제 크레인은 특유의 밀도로 말한다.

> 그렇게 재빠르게 벼린, 이미 매달린
> 우리 잠의 케이블들, 기억 속 별들에서 나온 끄트러기들
> …

시인이 브루클린을 언급하지는 않았지만, 크레인의 독자라면 이 행들을 마주했을 때 '매달린 케이블'에서 그가 다른 시에서 '하프와 제단'이라고 표현한 브루클린브리지를 떠올리지 않을 수 없을 것이다. 특히 겨울의 뉴욕항을 상기시키는 듯한 인상적인 묘사로 우리에게 위치 정보를 준 후에 말이다.

현수교의 케이블이 마치 끝을 날카롭게 벼린 것처럼 아래로 내려가면서 좁아 보인다. 그리고 안개 속에서 그 다리를 본 적이 있다면 매달려 있는 케이블을 '끄트러기'로 생

각하는 것도 있음직할 것이다. 그러나 이것들은 '우리 잠의 케이블'이며, 이는 연인들 사이를 잇는 다리, 또는 그들을 묶어 주는 연결선을 암시하는 것으로 보인다. 끄트러기로 매달린 케이블은 물론 아무것도 지탱하지 않는다. 우리의 상호적인 잠은 이제 사라진다. 시가 해상을 배경으로 하고 사랑하는 사람이 바다로 떠나 있기 때문에, '케이블'은 또한 해안에서 바다로, 다시 바다에서 해안으로 보내진 메시지, 그들이 전보로 주고받은 편지를 암시하기도 한다. 옛 연애편지들이 종종 그러하듯, 그런 서신들은 더 이상 읽지 않지만 너무나 사랑스럽거나 가슴 아파서 차마 버리지는 못하고 한쪽에 치워 두기 마련이다. 그리고 이제 남은 것은 무엇인가? 말 없는 밤의 접착제와 그들 사이를 이어 주는 연결선, 그들을 서로에게로 또는 미래로 인도할 수 있는 다리의 끄트러기, 더 이상 볼 수 없고 오직 기억만 할 수 있는, 더 이상 길을 찾는 데 유용하지 않고 그들을 전진하도록 인도해 주지 않는 하늘의 별빛에 매달린 끄트러기다.

크레인은 여기서 묘사에 대해 깊이 숙고하고, 의미의 가닥들을 꼬아서 합치고, 자신의 생각과 인식의 요소들을 함께 엮어서 포착하기 어려운 동시에 잊을 수 없는 이미지를 만들어 낸다. 아마도 그는 그런 이미지가 일상적인 말보다 더 현실에 가깝다는 데 동의할 것이다. 그것의 밀도는 지각에 생각과 느낌을 섞어서 새롭고 생성적인 현실을 만들어 낸다. 다른 말로 바꾸어 표현할 수 없는, 의미들의 다수성 속에 살아 있는 시적인 이미지다.

≺ 지침과 저항 ≻

묘사가 의식을 묘사한다고 말하는 것은 불완전하다. 묘사는 **당신이** 보는 것을 말하기와 당신이 **보는** 것을 말하기 사이의 균형에 더 가깝다. 내가 앞서 인용한 "모든 사물은 제대로 보면 영혼의 새로운 능력을 드러낸다"라는 격언에서 '콩코드의 철인' 랠프 월도 에머슨은 사물은 그저 보는 것이 아니라 신경을 쓰고 주의해서 봐야만 자신을 드러낸다고 주장한다. 사물에 대한 재현이 더 정확하고 감각적일수록, 우리는 거기서 보는 행위를 하는 누군가를 더 많이 느끼게 되고, 감수성이 더 많이 작동하게 된다. 그의 눈과 언어 능력이 사물의 모습을 표현하기 위해 열심히 일할수록, 우리는 그의 시선 자체를 더 많이 보게 되고, 특유의 목소리를 더 많이 듣게 된다. 트렐로니(E. J. Trelawney)는 친구인 셸리의 필체에 대해 "부들이 웃자란 습지를 그린 스케치와 야생 오리를 표현하기 위한 잉크 얼룩처럼 보일 수도 있었다"고 표현한다. 습지와 잉크가 묻어 지저분해진 손을 모두 바라보며 그 둘을 매끄럽게 연결 짓는 그 남자의 폭로가 얼마나 습지에 충실하고, 잉크 묻은 손에 충실한가.

때로는 아주 작은 감각적 지각이 엄청난 생각과 느낌을 불러오는 수단이 되기에 충분하다. 다음은 스티븐 미첼이 번역한 릴케가 직접 쓴 자신의 묘비명이다. "장미여, 오 순수한 모순이여 / 그토록 많은 눈꺼풀 아래서 / 누구의 것도 아닌 잠의 기쁨이여." 꽃잎과 눈꺼풀 사이의 유사성을 암시하는 것은 일종의 시각적 정확성이지만, 눈꺼풀 아래에 무엇이 있는지를 암시하는 것은 장미의 내면세계로, 그 꽃이 화자의 내면세계에서 어떤 의미인지에 대한 보다 미묘한 차원으로 들어가는 것이다. 누구의 것도 아닌 잠 위의 그 많은 눈꺼풀. 이것은 집단성에 대한, 즉 세상이 누구에게도 속하지 않고 공동으로 소유되는 방식에 대한 언급일까? 아니면 '누구의 것도 아닌'은 텅 비어 있는 세상의 중심, 공허를 통해 느껴지는 허깨비 같은 존재를 가리키는 말일까? 아니면 그 이미지를 항상 깨어 있는 듯한, 그리고 우리에게 자신처럼 정신이 초롱초롱한 존재가 되라고 촉구하는 듯한 장미의 모습을 가리키는 것으로 읽을 수 있을까?

E. M. 포스터는 위대한 알렉산드리아의 시인 콘스탄틴

카바피를 “밀짚모자를 쓰고 우주를 향해 조금은 삐딱하게 미동도 없이 서 있는 그리스의 신사”(a Greek gentleman in a straw hat, standing absolutely motionless at a slight angle to the universe)라고 묘사했다. 이 몇 개 안 되는 단어 안에서, 그는 개별적인 것에서 광대한 것으로 이동하며 가장 작은 세부 사항(밀짚모자)과 거대한 존재의 장[우주]의 균형을 잡는다. 포스터는 우리에게 그 거대한 장을 향해 ‘조금은 삐딱하게’ 설 수 있는 모든 방식들을 고려할 것을 권한다.

유감스럽게도 그의 이름은 모르지만 “물고기는 결코 미학적인 실수를 하지 않는다”고 말한 일본의 철학자도 있다. 한편으로 그것은 단언이요 수사적인 표현이지만, 우리로 하여금 그 말이 사실일 수 있는지 확인하기 위해 생각할 수 있는 물고기의 모든 시각적 이미지를 즉시 떠올리게 만든다. 그것은 힘들이지 않고 계산되지 않고 의도되지 않은 것들을 높이 평가하는 미학적 관념을 묘사한다.

지금까지 든 예에는 감각적인 명징함이 거의 없기 때문에, 마치 잠수한 상태로 대상의 포착하기 어려운 성격을 명명하려고 시도하는 것처럼 보인다. 이 예들은 최소한 관심 대상의 신비를 박탈하지 않으면서 그것을 명명한다. 우리에게 여기서 무엇을 보아야 할지 지침을 제공하는 한편, 너무 쉬운 앎에 저항한다.

이런 저항의 특징은 가장 공감을 불러일으키는 묘사의 측면이다. 감각적 세계의 재현이 그런 재현의 한계와 일종의 열린 공간의 유지를 암시하기도 한다. 어떻게 그런 일이 일어나는가? 릴케와 포스터, 그리고 이름 모르는 그 철학자는 모두 불확정의 공간을 창조한다. 의미가 닫히거나 완성되지 않고 여전히 생성적으로 남아 있으며 대상에 대한 정밀한 스케치에 의해 한계가 정해지는 영역이다. 베이커가 "물고기는 묘사되기를 원치 않는다"고 말할 때, 그는 바로 이 영역, 우리가 말하는 것이 결코 결정적일 수 없고, 결정할 수 없기에 활력적인 영역을 암시한다.

이런 원칙이 드러난 20세기의 가장 강력한 예들 중 하나는 우리에게 가장 알려진 시이기도 한 에즈라 파운드의 화수분 같은 시 「지하철역에서」(In a Station of the Metro)다.

군중 속의 이 얼굴들의 유령;
젖은 검은 가지 위의 꽃잎들.

The apparition of these faces in the crowd;
Petals on a wet, black bough.

이 시는 너무도 빠르고 압축되어 있어서 무슨 일이 일어나고 있는지를 생각할 겨를도 없이 우리에게 훅 들어온다. 마치 타임스스퀘어에서 지하철 문이 활짝 열리고, 우리가 바로 그곳에 있는 듯한, 직접적인 동시에 광대한 인간 세상 속에 던져진 듯한 몰입감을 느낀다. 그런 경험과 함께 속으로 숨을 헉 하고 살짝 들이쉬게 되는 느낌이 있다. 아, 방금 전까지는 내가 사방이 막힌 공간에 있었는데 갑자기 문이 열리며 광활한 공간이 펼쳐졌군. 파운드의 시는 파리의 지하철을 묘사하지만, 사람들이 오가는 통행의 중심지인 거대한 대중교통의 공간은 국제적인 현대성을 나타내는 공간이다. 기차역과 지하철역, 공항, 버스 터미널에서, 우리는 개별적인 초점에서 벗어나 이동하는 사람들의 물결 속으로 들어간다. 런던이나 파리, 바르셀로나, 워싱턴 D.C.에는 너무나 많은 사람들이 있고, 모두들 한순간 맥락 없이 몰려와서는 어딘가로 향하는 존재의 물결 속에서 빛의 조각들이 된다.

그것은 겨우 열네 단어로 이루어진 작은 시이기 때문에(여기에 제목의 여섯 단어가 더해진다. 제목은 본문이 곧바로 문제의 핵심으로 들어갈 수 있도록 우리를 구체적인 장소로 보내는 유용한 역할을 한다), 이런 엄청나게 압축된 용어들이 전체에 어떤 기여를 하는지 살펴보는 작업이 유익할 것이다.

유령은 색깔의 함축을 동반한다. 얼굴들은 창백하다 못해 투명해 보인다. 더욱 중요한 것은, 그것이 다음에 올 시각적 이미지를 위한 어조를 정하고 화자가 뭔가에 홀려 있으며, 어쩌면 일종의 비현실성과 갑자기 나타나는 낯선 사람들의 유령 같은 특징, 그리고 고조된 주관성이 있음을 암시한다는 것이다. 시가 "군중 속의 이 얼굴들; / 젖은 가지 위의 꽃잎들"이라고 상상해 보자. 그러면 현실이 무엇인지에 대한 주장을 하게 되고, 시는 덜 심오한 의미에서 묘사적이 될 것이다. 즉 단순히 사물의 모습을 재현하는 차원의 묘사가 될 것이다. 반면 **유령**이라는 단어는 시를 화자의 현실, 화자에게 알려지고 느껴지는 세계에 대한 묘사로 만든다. **유령**은 이 시가 지닌 비밀스런 에너지의 원천이다. 그 단어가 없다면, 기억할 만한 공명—그것의 쓸쓸하고 아름다운 아픔—은 사라진다.

저 얼굴들이나 **어떤** 얼굴들이나 그냥 **얼굴들**이 아닌 **이** 얼굴들. 이 수식어는 화자를 그 앞에 놓인 사람들에 대한 보다 역동적이고 직접적인 관계로 이끌고, 이 특정한 얼굴들은 불쑥 나타난다. 반면 **군중**은 다소 거리가 있는 단어다. 그것은 이 군중과 똑같이 느껴지지 않으며, 차별화되지 않은 대중과 화자의 관계에 거리감을 부여한다.

꽃잎은 본성상 작은 경향이 있다. 지하철의 커다랗고 검은 배경에서 작은 꽃잎을 생각하는 것은 개별적인 인간을 아주 작아 보이게 만들고, 어쩌면 개별적인 삶의 비중이나 비율에 대한 작가의 의식에 대해 뭔가를 암시한다. 지금 **꽃잎**인 것이 한때는 꽃이었고, 전체는 산산이 부서졌다. 그 이미지는 우리를 두 방향으로 동시에 끌고 간다. 꽃잎 같은 얼굴들은 애초의 통일성에서 분리되어 구조적 연결을 잃었지만, 또한 여기에는 삶의 연속, 일종의 인간적 밝음에 대한 의식이 존재한다. 인간의 얼굴은 꽃을 피우고 새로워지고 어둠 속에서 빛난다. 어쩌면 비가 내리고 흠뻑 젖은 레인코트 차림으로 모여 있는 군중은 '젖은 검은' 가지의 모습으로 보일 것이다. 도시의 어둠 속에서 이런 개인들을 보는 것, 주변의 번들거리는 어둠을 배경으로 밝게 보이는 그들의 얼굴을 보는 것은 오싹하고 단절된 느낌이지만, 또한 그것을 긍정으로 읽을 수도 있다. 결국 시는 우리에게 그것을 어느 한 방향으로 해석하도록 놔두지 않는다.

여기서 세미콜론의 완벽한 활용을 지적하지 않은 채 파운드의 시를 떠나보내고 싶지는 않다. 세미콜론을 단어로 대체한다고 상상해 보자.

군중 속의 이 얼굴들의 유령

…은 젖은 검은 가지 위의 꽃잎과 같다

…은 젖은 검은 가지 위의 꽃잎을 떠올리게 한다

…은 … 꽃잎과 닮았다

이제 그만! 이 시에 대한 이런 끔찍한 왜곡들은 그 작은 점 두 개(;) 속에 얼마나 큰 생명력이 존재하고, 그것이 어떻게 연결을 암시하되 규정하지는 않는 힘을 가졌는지를 보여 준다. 시의 요소들 간에 그 구두점 외에 아무것도 없는 상태에서, 우리는 이 둘의 이질적인 본성을 보다 강렬하게 경험한다. 한데 연결된 것들의 공통점이 적을수록 긴장의 정도가 더 크고 독자의 인지 부조화도 더 커진다. 우리는 시에서 일을 해야 하고, 그 얼굴들과 꽃송이의 연결에서 즉각적으로 뭔가가 일어나는 것을 느낀다. 여기서 '~와 같다'라는 표현을 사용한다면 두 요소들 간에 확실한 선이 그려졌을 테지만, 그러한 확고한 등가성의 제스처가 없으니 우리는 연상 속에서 훨씬 더 생생하게 살아 있고 훨씬 더 모호하고 더 중요한 은유를 마주한다.

파운드는 하나의 이미지가 "찰나의 순간에 지적이고 정서적인 복합체를 제시한다. 그것은 우리가 가장 위대한 예술 작품의 존재에서 경험하는… 갑작스러운 해방감을 주는… 즉각적인 '복합체'의 제시다. 평생에 단 하나의 이미지를 제시하는 것이 아주 방대한 작품들을 생산하는 것보다 낫다"고 썼다(그는 훗날 이것을 마음에 간직했을 것이다).

즉각적인 지적이고 정서적인 복합체는 정확히 우리가 이 시에서 얻는 것이다. 그리고 그것이 너무 만족스럽기에, 우리는 지적이고 정서적인 내용의 결합을 찾기 위해 이 시를 파헤치는 작업을 끝낼 수 없다. 그것은 소외를 환기시키는 동시에 공통성을 인식하는 것으로 보인다. 어조로 보면, 이 시는 동량의 슬픔과 경이로 구성된 것처럼 보인다. 파운드의 시는 그것이 서로 다른 것들을 연결하고, 움직일 공간을 허용하고 직접적인 단언을 거부함으로써 우리를 영구적으로 열려 있는 뭔가에 대한 해석자의 위치에 남도록 강제하기 때문에 여전히 우리 곁에 머물고 있다.

≺ 네 개의 해바라기 ≻

영시에 등장하는 해바라기 가운데 가장 잘 알려진 윌리엄 블레이크의 해바라기는 전통적인 의미에서 '묘사적인' 요소가 거의 없는 시에 등장한다.

> 아, 해바라기여! 시간에 지쳐서
> 해의 발걸음을 헤아리며
> 나그네의 여정이 끝나는
> 저 달콤한 황금의 나라를 찾는구나.
>
> 욕망으로 시들어 가는 젊은이와
> 눈의 수의를 입은 창백한 처녀가
> 무덤에서 일어나 동경하는 곳,
> 나의 해바라기가 가고 싶어 하는 그곳을.

Ah, Sun-flower! weary of time,
Who countest the steps of the Sun,
Seeking after that sweet golden clime
Where the traveller's journey is done:

Where the Youth pined away with desire,
And the pale Virgin shrouded in snow
Arise from their graves, and aspire
Where my Sun-flower wishes to go.

이 해바라기는 개별적인 존재라기보다 여기서 블레이크가 형이상학적, 지성적 목적으로 쓰는 상징이다. 꽃의 유일한 특성인 굴광성이 무대에 선다. 꽃은 마치 도달할 수 없는 황금의 왕국을 갈망하는 것처럼 머리를 높이 들고 있다. 그러나 블레이크가 그의 꽃을 전적으로 상징적인 존재로만 남게 한다면, 그는 위대한 시인이 아닐 것이다. 첫 두 행은 우리에게 이 꽃의 신체성을 제시하는데, 이는 제2행의 동사 선택에서 가장 분명하게 드러난다. 여기서 '비추다'(mirrors), '따르다'(follows), '그늘을 드리우다'(shadows), '살피다'(studies), '표시하다'(markest) 등 다른 2음절의 동사들을 써도 무방했겠지만, '헤아리다'(countest)는 내용 면에서도 음향적 효과 면에서도 탁월하다. 발걸음을 따르거나 흉내 내는 것과 실제로 헤아리는 것은 다른 문제다. 여기에는 지루한 작업이 있다. 천국을 가로지르려면 얼마나 많은 발걸음이 필요할까? 'countest'는 발음하기 조금 어렵다. 특히 똑같이 st가 들어간 단어 step의 옆에 배치될 때는 더욱 그렇다. 이런 소리들을 협상하는 일의 미묘한 어려움은 해바라기의 일이 얼마나 어려운지, 그것이 얼마나 전념해서 일하는지를 반영한다.

여러분은 지금 이 시가 수록된 블레이크의 삽화 시집 『순수와 경험의 노래』(*Songs of Innocence and Experience*)에서 해당 면에 대한 그의 도안을 뺀 상태로 시를 읽고 있는 셈이다. 그러면 시를 읽는 경험 자체가 달라진다. 그럼에도 시작하는 연에서 **해바라기**, **해**, **황금**으로 따스하고 눈부신 노란색의 빛을 만들어 낸 다음 두 번째 연의 첫 세 줄을 전적으로 창백하고 어둡게 그려 내는 방식에서, 화가이자 조각가인 블레이크의 손길이 분명하게 드러난다. 두 번째 연에서는 수척해지는 젊은이에 대한 색깔 없는 재현과 **창백함**, **수의**, **눈**의 한기에서 색의 에너지와 활기가 빠져나간다. 그리고 마지막 행에 가서야 색이 다시 돌아오고, 블레이크가 능수능란한 솜씨로 만들어 낸 미묘한 변화가 동반된다. 그것은 이제 시의 시작 부분에서 암시적인 물체였던

그냥 해바라기가 아니며, 이 인상적인 마지막 순간에 드디어 우리에게 모습을 드러내는 화자에게 소속된 꽃이 된다.

나의 해바라기는 증식을 의미한다. 꽃이 실제로 블레이크 자신의 뜰에도, 그의 상징의 정원에도 피어 있음을 뜻한다. 하늘을 향한 이 꽃의 수그러들지 않는 전념이 상징하는 그런 종류의 열망은 그에게 이질적이지 않다. 그 자신도 이러한 욕망이 이 세상에 미치는 영향에 주목하지 못할 만큼 "달콤한 황금의 나라"에 관심을 기울이거나 그럴 위험에 처했던 것일까? 젊은이와 창백한 처녀는 이루지 못한 욕망에 정복당해 죽었다. 해바라기는 순수한 열망의 상징으로, 차렷 자세로 똑바로 서 있다. 약간의 재치와 장난기가 어려 있는 '나의'는 화자가 이 꽃을 자기만의 하나의 특정한 빛으로 해석하고 있으며 다른 해석도 허용될 수 있음을 암시한다. 해바라기는 하늘에 대한 충성의 상징으로, 또는 더 나은 곳을 향한 인간의 열망으로 해석될 수 있지만, **나의** 해바라기는 이런 입장을 비판하며 우리의 보답받지 못하는 갈망의 상징으로 우뚝 선다. 이 갈망은 충족되지 못한 성적인 욕망이기도 하고 시인이 대체된 열망이라고 암시하는, 낙원을 향한 목마름이기도 하다.

이백 년 뒤, 앨런 샤피로(Alan Shapiro)의 해바라기는 구원에 대한 나약한 갈망을 버렸으며 조금도 지쳐 하지 않는다.

해바라기

이것을 위해 동정의
"아" 소리를 내지도,
그것에 대해
지쳐 하지도, 또는
잎 하나하나가
온갖 가시와
잔가시들로
바짝 긴장한
뾰족한 잎들의
컵으로 굽어져
입을 벌리는 줄기를
위로 힘껏 들어 올리며
바라는 것 따위도
하지 않는다—
　　　내가 잎들의
컵이라고

말했던가?

대신 방패라고 하자,

내부의 불타는

꽃차례 구덩이

속으로 햇빛을

빨아들일 만큼

끈적이는

광휘로 가득한

불길이 타오르는

살아 있는

도가니

라고 말하자

내가

해바라기라고 말했던가?

대신 나한테-까불지-

마라고 하자.

살기-위해서라면-

못할-게-없어라고 하자.

블레이크의 꽃은 일상적 현실로부터 벗어나 초월을 추구하는 데 몰두하지만, 샤피로의 꽃은 이 세상에서 불타는 길을 만들 계획이며, 그런 열의가 너무 강렬해서 자신의 이름까지 바꾸도록 요구한다.

명명의 작업, 즉 우리가 우리 앞에 있는 대상을 어떻게 묘사할지는 작품 속에 숨겨진 샤피로의 분명한 메시지다. 화자는 말하자면 시의 낭독자이기 때문에, 그는 하나의 문학적 기준점으로, 다시 말해 눈앞에서 펼쳐지는 분명한 현상에 대해 일반적으로 받아들여지는 예술적인 시각으로 시작한다. 그러나 블레이크의 해바라기와는 달리, 이 꽃은 '힘껏 들어 올리며', '굽어져', '입을 벌리는', '바짝 긴장한' 따위의 용어들을 수반한다. 경험한 것을 어떻게 말해야 하는지에 대한, 즉 어울리는 단어를 찾는 것에 대한 샤피로의 자의식은 시에 논쟁적 구조를 부여하는 두 가지 질문으로 이어진다. "내가 잎들의 / 컵이라고 / 말했던가?"는 전통적인 인식에 다시 한 번 의문을 제기한다. 꽃은 '뭔가가 담기기를 기다리는 그릇'이라는 익숙한 은유가 적합한 수용적인 존재가 아니다. 그렇기는커녕, 그것은 **방패**, **도가니**, **구덩이**를 요구한다. 모두 훨씬 더 크고 거친 용어들이다. **도가니**(crucible)는 시에서 유일하게 한 단어로 이루어진 행이며, 이것이 문제의 가장 중요한 부분일 수 있음을 암시한다. 이 단어는 불꽃과 녹아 버린 금속, 마술 같은 열기와 변형을 함축하는 거의 고어가 된 단어다. 이처럼 해바라기를 변형적 에너지를 가진 불타는 도가니로 이해하는 것은 다음 질문으로 이어진다. "내가 / 해바라기라고 말했던가?" 이제 주어진 연상들을 걷어 내니 빛을 내뿜는 투쟁적인 형태가 그대로 보이는데, '해바라기'라는 용어가 과연 적절하겠는가? 이제 허버트의 기도에 대한 동격어들과 다르지 않은 새로운 용어들이 제시된다. 해바라기의 새로운 이름들은 짜릿하게도 스스로에게서 발생된 것, 자랑스럽게도 스스로 선택한 것들이다. 이 꽃은 강력한 권한을 가지고 있어서 시의 형태마저 만들어 낼 수 있을 것처럼 보인다. 좁은 기둥 형태의 텍스트는 해바라기의 몸을 닮아 있다.

블레이크를 한쪽으로 재쳐 두면서도, 해바라기에 관한 이 새로운 시의 끝부분에서 옛날 시를 오마주하는 것은 샤피로 시의 사랑스러운 미묘함이다. 블레이크의 시에서 '나의'가 그랬던 것처럼, 이 시에도 마지막 순간 '나한테'가 등장한다. 그 결과 거친 일갈이 담긴 그 이름들은 꽃에게뿐 아니라 화자에게 속하는 것처럼 느껴진다. 그것은 앨런 샤피로의 해바라기가 하는 말일 것이며, 단호한 생존자의 외침이다.

21세기의 또 다른 해바라기는 트레이시 조 반웰(Tracy Jo Barnwell)의 시 「밤의 도시 해바라기」(Night City Sunflower)에서 밤이 될 때까지 우뚝 서 있다. 도시의 어둠 속에서 개화한 반웰의 꽃은 앨런 긴즈버그의 「해바라기 경전」(Sunflower Sutra)에 등장하는 황폐한 도시의 해바라기를 떠올리게 한다.

…파삭하게 황량하고 눈[目]에 담긴 낡은 기관차들의 검댕과 스모그와 연기로 칙칙해진 채로 일몰에 맞설 태세를 취하는 [잿빛 해바라기]—

낡은 왕관처럼 눌리고 깨진 흐릿한 수상 꽃차례의 화관, 제 얼굴에서 떨어진 씨앗, 곧 이가 빠질 화창한 공기를 담은 입, 마른 철사 거미줄처럼 솜털로 덮인 머리에서 제거된 햇빛들,

줄기에서 팔처럼 뻗은 잎들, 톱밥 속 뿌리에서 나온 제스처, 검은 잔가지에서 떨어진 부서진 회반죽 조각들, 귓속의 죽은 파리,

너는 볼썽사납게 망가지고 늙은 것, 나의 해바라기 오 나의 영혼…

반웰 역시 그녀의 해바라기에게 직접 이야기를 하지만, 이 해바라기는 초월 따위는 생각조차 하지 않을 꽃이며, 오히려 죽음의 신을 따르는 군대의 일원이요, 밤의 파괴적 힘을 보좌하는 존재다.

밤의 도시 해바라기

브로드웨이의 검은 꽃, 빛의 마지막 야간 경비원—
너는 마지못해 임무를 수행하며, 좋은 한쪽 눈으로 보석 보증인을
뚫어져라 내려다본다.

너는 의심으로 가득하다. 그들이 이야기하는 오늘 아침은 어디에 있는가?
어쩌면 이 밤은 오래도록 지속될 수 있을 것이다.
너는 살인자의 꽃잎과

권투 선수의 체구를 가졌다.
그리고 포커페이스여, 너는 무엇을 보고 있다고 생각하는가?
해바라기여, 싸우기를 원하는가?

얼마나 많은 모란을 너의 그 구부러진 줄기로
목 졸랐는가? 다른 잡초들은 보도에
네가 만든 삐죽삐죽한 금들에서 멀찌감치 비켜나고,

술 취한 까마귀는 너의 타는 듯한 노란
시선을 피해 블록의 다른 쪽으로
날아가고,

가엾은 클로버는 너의 그늘에서 시들어 간다.
모든 밤 올빼미는 너를 안다—자정의 보행자들과 불면증이 있는 자들,
몸을 떨며

모자 달린 외투 차림으로 빠르게 걸어가는 두어 명의 행인들,
갑자기 허기를 느껴 환하게 불 밝힌 심야 식당을
향해 가는 이들,

창문에 어린 외로운 그림자들,
그리고 세상의 한쪽 끝에서
다른 쪽 끝으로

끊임없이 서성이며 실룩거리는 형체들. 나는 때때로
우주의 너의 깊은 구멍에서 곁눈질하는 너를 본다.
어떤 들판에는

너 같은 것들 수천 개가 있다. 모두 노란 색으로
몇 열 씩 줄지어 서서, 각각이 옆의 것과 함께 천천히 몸을 틀고,
각각이 고개를 숙여

머리 위로 지나가는 빛을 향해 경외의 절을 올린다.
이 수천 개가 너를 지탱해 주는 활기 없는 네온 불빛
아래서는 시들어 갈 것이다. **문신**.

대형 러브호텔. 심야 마사지. 올나이트 영업.
너는 태양을 향해 얼굴을 돌릴 수 없지만
지나가는 전조등이나

이따금 비추는 별빛에 살짝 몸을 떤다.
눈이 내려 네가 성애로 뒤덮여도 누가 감히
너를 베어 내겠는가?

한번은 내가 고개를 돌려 옆에서 어둡게 흔들리고 있는 너를 보았다—
너는 내가 지나갈 때 살짝 고개를 숙였다.
나중에 반쯤 잠든 상태에서,

여전히 귓가에 너의 잎들이 바스락거리는 소리가 들렸다.
마치 검은 모직 코트—설교자나 경비원이나
상여꾼의 코트—의 옷소매처럼.

이 밤의 꽃에게 말하는 반웰의 강렬하고 주술적인 이야기는 대체로 우리의 예상을 거꾸로 뒤집음으로써 그 힘을 얻는다. 시는 해바라기의 음화 사진과 같다. 우리가 밝음과 주행성(晝行性)의 기분 좋은 쾌활함을 암시한다고 기대하는 모든 것들이 반대로 뒤집어진다. 이 강인한 정신력을 가진 꽃은 전형적인 암흑가의 뒷골목에서 트렌치코트를 입은 채 서 있는 외로운 인물 같다.

그러고 보니 여기서 묘사된 모든 해바라기는 전통적인 연상들을 거부함으로써 힘을 얻는다. 블레이크의 꽃은 비통해 한다. 그것의 굴광성은 만족할 줄 모르는 갈망의 표시다. 샤피로의 꽃은 불타오르고 거칠게 말한다. 긴즈버그의 꽃은 때에 찌든 피부 밑에 빛을 숨기고 있는 반면, 반웰의 꽃은 네온에만 의지해 살아간다. 그 꽃들은 적어도 화자의 어떤 정신적 측면을 묘사한다는 의미에서 일종의 자화상이며, 교묘한 방식으로 해바라기의 역할에도 충실하다. 그것들은 우리가 익숙하지 않은 빛으로 꽃을 바라보고 우리가 예상하는 것과 거의 정반대의 성질들을 찾아야 한다고 주장함으로써 꽃의 특성을 강조한다. 시적인 묘사는 이미 알려진 것을 또 쓰는 일 따위는 절대로 원치 않는다. 만약 우리가 무엇이건 충분히 깊이 들여다본다면, 우리가 발견하게 되는 모습은 표면에 보이는 것과 정반대일까? 조지 엘리엇은 『미들마치』에서 어느 기막힌 순간 자신의 이야기에서 한발 뒤로 물러나 풍경 전체를 훑어보며 그것을 흡수하는 듯한 어조로 이렇게 썼다. "우리가 모든 평범한 인간의 삶에 대한 예민한 시각과 감각을 가지고 있다면, 풀이 자라는 소리, 다람쥐의 심장이 뛰는 소리를 듣는 것과 같을 것이다. 우리는 침묵의 저편에 도사리고 있는 포효에 죽게 될 것이다."

묘사의 말들

묘사는 우리에게 세상뿐 아니라

관찰자의 내면세계까지 선물해 줄 정도로

대단한 **기술**(ART)이다.

갈망

세상에 대한 **갈망**, 즉 자신이 본 것을 음미하고 명명하고 주장하고 가져올 필요는 묘사의 연료가 된다. 릴케는 위대한 비가들¤ 가운데 지각하는 사람의 내부에서 부활하는 세상을 주제로 하는 제9비가에서 이렇게 말한다. "오, 무한히 우리 자신으로 바뀌기를." 그런 갈망을 단지 찬양이나 긍정적인 것으로만 생각한다면 지나친 단순화가 될 것이다. 그것도 일부이긴 하지만, 우리가 묘사할 수밖에 없는 것들이 끔찍하거나 억압적이거나 가슴 아픈 경우도 흔히 있다. 언어는 이에 대한 갈망이기도 하다. 말하자면 언어는 모든 것을 먹어 치우길 원한다. 퇴색하고 무너지는 세계도, 심지어 비참함까지도.

¤ 『두이노의 비가』. 총 열 편의 비가로 이루어진 작품.

제임스 갤빈(James Galvin)은 「슬픔의 양상」(Grief 's Aspect)이라는 시에서 외롭고 축축한 우울의 분위기를 그려 낸다.

묘지는 그저 우울한
마리나,¤ 비는
내가 아는 가장 키 큰 소녀.

참 적막한 시행이지만, 이것을 읽으면서 즐거움을 느끼지 않기란 힘들다. 묘지를 정박할 장소에 비유하고, 축축한 무덤에서 비를 불러내는 예상 밖의 행보. 그리고 단어들이 누구나 인정할 심리적 상태를 분명하게 명명하는 방향으로 길을 찾아가는 모습을 지켜보는 즐거움도 있다. 그런 것들은 모든 범위의 감정을, 심지어 끔찍한 부분조차도 표현하려는 우리의 어휘에 대한 갈망에 호소한다.

¤ Marina. 이탈리아어로 '작은 항구'에서 유래된 말로, 보트의 정박지와 관련 편의 시설을 뜻함.

경제 / 과도함

경제는 미덕이다. 다소 과대평가된 미덕이긴 하지만 말이다. 예를 들어 누구도 프루스트가 아스파라거스 줄기에 대해 말을 좀 줄였으면 좋겠다고 생각하지 않겠지만, 그런 지나칠 만큼 풍부한 담론은 지각 자체가 주제일 때만 효과적이다. 따지고 보면 프루스트의 소설은 의식의 본질에 대한 거대한 탐구이며, 보는 것과 감각하는 것이 무엇인지에 대한 굉장히 미묘한 재현이다. 그리고 **실제로** 그것이 너무 지나치다면? **과도함**이 미덕으로 받아들여지는 경우는 좀처럼 없지만, 그것은 분명 즐거움일 수 있다.

공감각

이것은 유달리 미묘한 소리에 관한 프랭크 오하라의 시다.

> 지금은 허물어진 3번가 고가 철도의 보랏빛 굉음이 어렴풋이 들린다.
>
> 그것이 살짝, 그러나 확실하게 흔들린다. 마치 손이나 황금색 솜털이 난 허벅지처럼.

이 무심하지만 매우 경제적인 한 쌍의 시행으로 얼마나 복잡한 지각의 실타래가 전달되는가! 이것은 「당신은 매혹적이고 나는 오르가슴에 이른다」(You Are Gorgeous and I'm Coming,)는 시의 시작 부분이며, 제목 바로 다음에 오는 이 시행들은 다가오는 열차처럼 멈출 수 없는 육체적 사건의 돌진을 귀로 들을 수 있다면, 어렴풋한 보랏빛 굉음이 오르가슴에 도달하는 소리와 비슷할 것임을 암시한다. 그리고 손과 허벅지의 흔들림—성적인 흥분의 순간?—, 허벅지의 황금색 솜털이 다가오는 열차의 보랏빛 굉음과 회화적인 대조를 이루며 빛나는 방식에 의해, 그것은 더욱더 육체적이 된다.

그 결과물은 이미지를 만들고 있는 정신의 스냅숏 같은 것이다. 기차와 허벅지, 손과 굉음, 사건과 감각의 합성—이 모든 것들이 의식을 표현하는 역할을 한다.

감각들의 경계가 흐려지는 **공감각**은 감각들이 분리되어 있으며, 그것들 간의 경계를 넘는 것이 일종의 문학적 기법임을 암시한다. 그런데 사실 미각과 후각, 시각, 청각, 촉각은 거의 경계가 없이 매 순간 서로 융합하여 우리가 살고 있는 지각의 영역인 감각 중추를 형성한다. 이상한 것은 마치 우리가 다른 감각 지각들로부터 분리된 상태의 것을 아는 것처럼 이것들을 분리하는 관습이다. 사실 나는 그것이 감각들을 분류하고, 이를테면 순수한 소리를 경험하기 위한 작업이라고 말하겠다. 오하라의 두 행은 감각적 겹침과 연결의 특유한 과정을 정확히 표현하고 있다는 점에서 뛰어나다. 살아 있는 경험의 질감에 더 근접하기를 원하는 작가가 감각들에게 복잡하게 상호작용하는 삶을 허용하는 것만큼 잘할 수 있는 건 없다.

기묘

예술적 기질과 다른 기질을 구분 짓는 것이 무엇이냐는 질문을 받을 때면, 나는 산다는 것이 특이하고 이해하기 어려운 무언가라는 근본적인 의식을 갖고 있는지의 여부라고 말하곤 한다. 나는 자신의 삶을 당연하게 여기는 사람들, **이것**(이 몸, 이 사회, 이 인간의 법들과 사회적 기대들의 집합)은 마땅히 그래야 하며, 어떻게 다를 수 있겠냐고 생각하는 사람들을 보면 항상 놀랍고 조금 부럽기도 하다.

그러나 세상이 **기묘**(QUEER)하거나 자신이 기묘하거나, 또는 둘 다 기묘하다고 믿는 것은 모든 창조적인 가능성을 낳는 의심의 창문이다. 카바피에 대한 E. M. 포스터의 묘사로 돌아가 보자. "밀짚모자를 쓰고 우주를 향해 조금은 삐딱하게 미동도 없이 서 있는 그리스의 신사." '조금 삐딱하게'는 포스터 본인에게 그렇듯 물론 동성애를 암시하지만 또한 현실에 대한 일종의 삐딱한 자세의 한 측면이다. 이것은 종종 성적인 차이에서 비롯되지만, 절대 그것에 국한되지는 않는다. '미동도 없이'는 시간적으로 카바피의 특이한 입장에 대해 뭔가를 말해 준다. 카바피는 고대의 세상을 놀랍도록 생생하게 느낀 사람이기도 했다. 그는 헬레니즘 시대 옛 알렉산드리아의 인물들에 대해 마치 동료들에 대해 말하듯 열성적으로 험담을 했다고 한다. 그는 자신이 동성애자임을 어머니가 안다 해도 그리 신경 쓰지 않았을 것처럼 보이지만, 자신이 시인이라는 사실만큼은 숨기려 했다. 둘 중 무엇이 더 기묘한 특성일까?

이 시대의 미국에서 시인이라는 것, 포장해서 시장에 내다 팔 수 없는 것에 흥미를 갖는 것, 시가 주는 근본적으로 무용한 사색의 기쁨을 즐기는 것은 근본적으로 기묘하다. 기묘함이란 평소와 같은 일이나 단단한 땅에서 발견되는 견고한 정체성이 아닌, 문제의 세계를 뜻한다.

달

보고 또 보아 온 것에 대한 두려움에 빠지지 말라. 시인들은 태곳적부터 달에게로 돌아간다. 달은 매우 강렬해서 우리는 아마 그와 결별하지 않을 것이다. 문제는 예상되는 틀에 갇히지 않은 채 익숙한 것을 보는 일이다. 그리고 그 보상은 그런 시선이 무척 가치 있게 느껴진다는 것이다. 오랜 진리에서 먼지를 털어 내고 지겨운 접근법들을 한쪽으로 치울 때, 우리는 잠에서 깨어난다.

아마도 영시 중에 가장 잘 알려졌을 퍼시 비시 셸리의 달에 대한 고전적인 묘사는 그 확장성으로 우리를 놀라게 한다.

그대 창백한 것은
하늘에 올라 땅을 내려다보며

출신이 다른 별들 사이에서
벗도 없이 방랑하며—
불변의 가치가 있는 대상을 찾지 못하는
기쁨 없는 눈처럼 항상 변하는 것에 지쳐서일까?

달의 창백함에 대한 설명을 제시하는 첫 두 행만으로 주제가 정해진다. 그러나 다음 행들은 달의 고독과 별들과의 연대감 부재를 암시하며 그림을 복잡하게 만든다. 셸리는 달의 변하기 쉬운 성격의 원인을 제시하고 그것을 지각의 대상들에게서 가치를 찾지 못하는 우울하거나 환멸을 느끼는 자들에 비유함으로써 자신의 생각을 더욱 대담하게 연장한다. 그래서 여섯 행에서 시인은 모두 암담한 고독에서 비롯된 달의 색과 움직임, 변화하는 형태를 설명한다. 방랑하는 것과 남들과 다르다는 느낌에 익숙한 셸리는 자연스럽게 그것을 달의 행동의 원인으로 이해할 것이다. 그러나 이 시를 쓴 1820년, 셸리는 첫 번째 아내와 그녀와의 사이에서 낳은 아이들, 딸, 처제를 잃었고, 친구인 존 키츠마저 로마에서 죽어 가고 있었다. 그렇다면 하늘에서 '기쁨 없는 눈'을 보는 것이 과연 놀라운 일일까?

약 백여 년 뒤 동네 어딘가에서 보는 미나 로이의 달은 호소의 대상, 잠재적인 자유의 매개체다.

하늘의 얼굴이
우리의 경이를
관장하네.

천국의
개화한 무단결석생이
우리를 아래로 잡아끄네…

—「게다가, 달」(Moreover, the Moon)

'개화한 무단결석생'이 끌어낸 이 반항적인 욕망은 셸리의 슬픔과 얼마나 거리가 먼가! 로이의 전치사 선택은 탁월하다. 달에 의해 '아래로'(under) 잡아끌리는 것은 문제와 열망에 빠지는 것, 유혹적인 조류로 휩쓸려 내려가는 것이다.

20세기 후반에 쓰인 브렌다 힐먼의 시 제목은 그녀가 달을 비유적으로 표현하는 데 결정적이다.

—그래서 오늘 밤 달이
핑크빛으로 떠올랐다
마치 놓쳐 버린 그것들 중 하나처럼

—「남성의 젖꼭지」(Male Nipples)

그래서 달은 친밀하고 작은, 비록 중심 캐릭터는 아니더라도 에로틱한 드라마 속 캐릭터가 된다.

어쩌면 현대의 달들의 두드러진 특성은 (셸리의 경우처럼) 슬픈 거리감으로든, 또는 (로이의 경우처럼) 무정부주의적이고 영감을 불러일으키는 측면으로든, 기존의 얼음같이 차가운 위엄을 잃었다는 것이다. 브렌다 쇼네시의 달은 어수선한 무언가다.

너의 얼굴은
움직이는 차창의 틀에 의해

주기적으로 조각난다. 너의 빛은 끌어당겨져
사등분되고, 너의 꿈은 도둑맞는다.

너는 형태를 바꾸고 외면하여,
모든 밤의 문제를 밤 혼자서 해결하게 한다.

—「나는 달 너머에 있다」(I'm Over the Moon)

도리안 로(Dorianne Laux)의 달은 아마도 가장 명백하게 현대적일 것이다. 그것은 「달에 관한 사실」(Facts about the Moon)이라는 시의 결론부에서 무려 26행으로 이루어진 한 문장 안에 펼쳐지는 장대한 (그리고 고통스러운) 직유 속에 부름을 받고 등장한다.

이런 밤이면
나는 우윳빛의 행성도 없이, 유일한 사랑도 없이,
우주 속에 홀로 이리저리 굴러다니는 달에게,
자식을 잃은 어미, 그 자식이 비록 나쁜 자식,
탐욕스러운 자식, 또는
어쩌면 살인과 강간을 저지른 다 큰 아들이라도
어쩔 수 없이 어쨌든 그 자식을 사랑하고
자기도 모르게 그리워하는 어미에게
연민을 느끼고,
만일 당신이 그의 병실 문밖에 있는
푹신한 벤치에서 그녀 옆에 앉아 있다면
그녀가 울면서 그가 얼마나 다정했는지,
그의 눈이 얼마나 파랬는지 말하는 동안
그녀의 손을 잡고 들어 줄 수 없을 테고
그녀가 그저 과거를 미화하고 있을 뿐이며
숱한 멍들과 술과 훔친 차와 그가 벽에서
전화기를 뜯어낸 날을 편리하게도
망각한다는 것을 알 테고,

그녀의 뺨을 찰싹 때려 정신 차리게 하고
그녀에게 그는 거머리라고, 개판이라고,
쓰레기라고 진실을 상기시켜 주고 싶다가도,
거의 그렇게 할 뻔한 순간
막상 그녀가 퉁퉁 부은 창백한 얼굴과
두 개의 분화구 같은 눈을 들면
당신도 어쩔 수 없지, 사랑은 보면 알 수 있지,
달의 힘과 그 잔인한 당김을 느낄 수 있으리.

도덕성

묘사에 **도덕성**이 있을까? 묘사에 도덕성이 있다면, 그것은 묘사를 거부하는 데 있다. 작가가 말을 보태려고 시도함으로써 자칫 그 심각성을 절하하게 될 가능성을 피하기 위해서다. 파블로 네루다는 「나는 몇 가지를 설명한다」(I Explain a Few Things)에서 스페인 내전 중에 파시스트에 의한 스페인 사회의 파괴를 목격하지만 묘사하기를 주저한다. 다음은 마크 아이스너(Mark Eisner)가 번역한 그 시의 가장 잘 알려진 부분이다.

> 그리고 거리 전체에 아이들의 피가
> 그저 아이들의 피처럼 달린다.

참을 수 없는 것들에 대해 비유적인 표현을 하는 건 죄스럽고 그 심각성을 절하하는 것처럼 느껴질 것이다. 직유를 거부하는 네루다의 시는 아무것도 어울리지 않는다고, 그래서 아무것도 아이들의 잃어버린 목숨의 등가물로서 유사성의 공간에 집어넣을 수 없다고 암시하는 듯하다.

클레어 카바나와 스타니스와프 바란차크가 폴란드어에서 번역한 비스와바 심보르스카의 최근 시에도 그와 유사한 감동적인 전략이 있다.

9월 11일의 사진

그들은 불타는 건물에서 뛰어내렸다—
하나, 둘, 몇 명 더,
더 높이, 더 낮게.

사진사가 그들을 살아 있는 상태에서 멈추게 했고
이제 그들을 땅 위에, 땅을 향해
머물게 한다.

모두가 여전히 온전하고
저마다의 고유한 얼굴을 가지고 있고
피는 잘 숨겨져 있다.

머리가 풀리고
열쇠와 동전이
주머니에서 떨어질
충분한 시간이 있다.

그들은 여전히 공기가 닿는 범위에,
이제 방금 열린
장소들의 범위 내에 있다.

내가 그들을 위해 할 수 있는 것은 두 가지뿐—
이 비행을 묘사하고
마지막 줄을 덧붙이지 않는 것.

심보르스카의 시는 관용과 존중의 어조로 끝맺는다. 시의 결론짓기를 거부함으로써, 그녀는 그들이 '온전하고', '고유하고', '피가 잘 숨겨진 채로' 남도록, 추락하는 그들을 멈추어 그들의 마지막 존엄성을 부여한다. 그녀는 화자가 추락하는 자들의 운명을 얼마나 깊이 느끼는지를 암시하지도 않는다. 또한 깔끔하게 결론지어진 시를 쓰기를 거부한다. 그런 시는 불가피하게 그것이 의도하는 끔찍한 주제에 미치지 못할 것이다.

그러나 그녀의 거부에는 분명한 모순이 담겨 있다. 시를 끝맺지 않으려는 그녀의 바람에도 불구하고, 그녀는 '이 비행을 묘사'할 것이다. 따라서 그녀의 마지막 연은 목격의 딜레마와 임무를 구체화한다. 어떻게 다른 사람의 고통에서 우리가 본 것을 책임 있게 말할 수 있는가? 전혀 반응하지 않는 것은 태만이고, 너무 쉽게 반응하는 것은 거짓이다.

동사

적절한 **동사**의 묘사적 힘은 엄청나다. 그것은 일종의 근육 같은 구체성을 품고 있어서, 글로 쓰인 세계가 동적으로 존재하는 것처럼 보이게 한다. 최근에 쓰인 세 편의 시에는 열심히 일하는 적절한 동사들이 등장한다.

마이클 두마니스는 나무 상자 예술가 조셉 코넬의 목소리로 그의 창작물 중 하나에게 말을 건다.

> 상자여, 너에겐 모든 혼란과 유령을
> 품을 의무가 있다.

> You are the obligation, Box, to harbor
> each disarray and ghost.

'harbor'는 인상적인 동사의 선택이다. 그것은 안전과 피난처를 암시하는 동시에 범죄자를 숨겨 주는 불온한 행위도 암시하기 때문이다. 그것은 이런 특정한 대상들과 함께 사용될 것 같은 동사가 아니지만, 코넬의 정돈된 상자들이 하는 일은 혼란과 유령들을 품는 것이라는 주장은 정확히 맞는 것처럼 느껴진다. 상자들은 혼란을 거부하지만, 예술이 "귀신 들리고자 하는 집"⌑이라는 에밀리 디킨슨의 정서를 닮아 있다.

「녹색 돌풍」(Green Squall)에서 제이 호플러(Jay Hopler)의 동사는 열대의 장면에서 의성어처럼 울린다. "비가 물항아리에 낭만을 저장한다"(The rain tins its romantic in the water pots). 여기서 'tin'의 선택은 논리보다는 음향학에 의한 것처럼 느껴지지만, 'tins its romantic'은 금속성의 빗방울 소리를 흉내 내는 동시에 흠뻑 젖는 일에 대한 분위기나 관점을 암시하며 교묘한 종류의 감각을 만들어 낸다.

때로 동사는 다른 품사가 새롭게 능동적 역할을 맡게 될 때 묘사하는 힘을 얻는다. 트레이시 K. 스미스는 「그리움의 사절」(Minister of Saudade)에서 대양의 장면을 불러온다.

⌑ Nature is a haunted house — but Art — is a house that tries to be haunted.

> 바다는 어떤 종류의 게임인가?
>
> 찰랑거림과 당김. 험준한 바위와 번쩍임.
>
> What kind of game is the sea?
>
> Lap and drag. Crag and gleam.

'lap', 'drag', 'crag', 'gleam'. 우리는 여기서 명사를 읽고 있나, 동사를 읽고 있나, 아니면 둘 다인가? 단음절로 이루어진 두 행과 이런 구문론적 놀라움은 '불규칙적인 잔물결' 같은 효과를 만들어 내며 문장을 거칠고 장난스러운 대양으로 만든다.

다음은 수술 후의 경험에 관한 알렉스 레몬(Alex Lemon)의 시다.

> 마취의 멍함, 메스-접착제,
> 상처 나서 쓰라린 혀,
> 하늘의 불가사리가 되어 있는 나
> 빙글빙글 돌아가는 날들.

Anesthesia dumb, scalpel-paste

Rawing my tongue, I found

Myself starfished in sky

Spinning days.

'Rawing'과 'starfished'는 놀랍도록 독창적이고, 그 단어들의 정력적인 특성은 화자가 극단적인 신체적 경험에 의해 긁히고 변형된 것처럼 보이게 한다. 구문론적 모호함은 더욱더 혼란을 준다. 빙글빙글 돌아가는 날들에 화자가 '불가사리가 되어서'(다시 말해 팔다리를 벌리고 있어서) 그때가 몇 시인지, 어느 날인지 알지 못하는 것인가? 아니면 그가 하늘에서 몸이 사방을 가리키는 상태로 날들을 직접 돌리고 있는 것처럼 느끼는 것인가? 강렬한 동사들과 그것들을 사용할 때의 구문론적 비약 덕분에 유용한 모호함이 가능해진다.

동작 소묘(GESTURE DRAWING)

때로는 가장 순수한 스케치, 현실을 재현하는 방향으로 이루어지는 빠른 몸짓이 가장 만족스럽다. 나는 우리 어머니가 그림 수업에서 교사가 부여한 정물화의 답답한 제약들에 신물이 나 반항했던 순간을 늘 생각한다. 어머니는 수채화 도화지 한 장을 불쑥 꺼내서 일본식 붓을 이용해 최소한의 붓질만으로 달리는 말을 그렸다. 어머니의 작품은 다소 격앙된 감정을 땔감 삼아 나온 것이지만, 교사조차 그것이 그동안 어머니가 그린 것 중 최고의 작품임을 인정했다.

반대

힘들을 서로 **반대**로 당기는 양극성은 글쓰기를 생생하게 만든다. 그것이 어느 하나의 초점보다 우리에게 더 실제처럼 느껴지기 때문이다. 현실은 항상 하나 이상의 끌림, 하나 이상의 강한 당김이 작용하는 장이라는 것을 우리는 안다. 최고의 묘사는 세상의 이중적 본성, 이를테면 모든 밝음의 언저리에 존재하는 그림자, 도덕성의 어두운 구석에서 기다리고 있는 유머를 인정한다. 골웨이 키넬은 이렇게 쓴다. [장례 준비를 위해] "시신을 매만질 때 / 퍼렇게 된 살에서 웃고 있는 / 벼룩 한 마리가 있는지 찾아보라."

오늘 오후 우리 집 정원 문 앞에는 두 마리의 사슴이 어슬렁거리고 있다. 한 마리는 실제로 생각의 바퀴가 천천히 도는 것처럼 얼굴이 특히 둔해 보인다. 다른 한 마리, 그 불쌍한 것은 발굽도 없는 성치 못한 한쪽 다리를 밖으로 뻗은 채 질질 끌고 다닌다. 마치 누구도 집으로 데려가기를 원치 않아 마지막까지 남은 재고 처분 특가 사슴처럼 보인다. 그러나 그 둘은 혼자가 아니라 함께 이리저리 헤매고 있고, 내가 당근을 주었을 때 투명하게 기쁨을 내비치며 먹었다. 다리가 성치 않은 녀석은 눈을 감고 당근을 씹으며, 여느 사슴과 똑같이 아주 즐겁게 아래턱을 앞뒤로 움직였다.

병치

만의 언저리에서 파도에 쓸려 와 서로 뒤엉켜 있는 거머리말을 보면, 영락없이 어떤 카세트가 토해 낸 아주 얇은 테이프처럼 보인다. 나는 자연의 존재와 인공의 존재를 **병치**하는 이 직유가 마음에 든다. 거기에는 어쩐지 내재된 코믹한 측면이 있다. 관찰하는 대상과 그 비교 대상 간의 거리에서 유머가 나올 수 있다. 번들거리고 향긋한 수중 식물과 이제 한물간 기술이 되어 버린, 자성을 이용해 음악을 채운 작은 플라스틱 상자 간에는 먼 거리가 있다. 단일한 비유적 표현 내에서 식물과 인공물, 딱딱한 것과 부드러운 것, 작고 거대한 것을 연결하는 방식은 사고가 형성되는 구역인 정신에서나 만날 듯한 요소들의 의외의 부딪침을 통해 언어에 활력을 주는 하나의 수단이다. 휘트먼은 그런 연결을 이용해 풀잎을 묘사한다.

아니면 주님의 손수건인지도 모른다.
일부러 떨어뜨린 향기로운 선물이자 기념물,
귀퉁이에 주인의 이름이 새겨져 있어서 우리가 보고
누구의 것인가를 알아볼 수 있도록 만든.

이 시는 풀잎을 유혹의 의식을 위해 일부러 만들어서 일부러 떨어뜨린 뭔가와 연결 짓는다는 점에서 기억할 만한 묘사다. 휘트먼의 풀잎은 의도적으로 직조한 천일 뿐 아니라 하나님이 우리를 유혹하려고 이용하는 수단이기도 하다. 그리고 창조주를 말하다가 갑자기 잃어버린 손수건 귀퉁이에 수놓아진 작은 모노그램으로 넘어가는 규모의 변화 때문에, 그 이미지는 더욱 놀랍다. 여기서 주님은 우리가 알고 있는 그의 성별이 할 법한 방식으로 행동하지 않는다는 점에서 약간 충격적이기까지 하다. 1855년의 미국에서, 누군가 발견하기를 바라며 모노그램을 수놓고 향수를 뿌린 손수건을 떨어뜨린 남자를 과연 어떤 식으로 이해했을까? 짐작컨대 휘트먼이 다른 곳에서 '멍청이'(foo-foo)라고 부른 존재, 또는 보다 짓궂게 표현하면 '다정한'(affettuoso) 존재로 여겨졌을 것이다.

린다 헐(Linda Hull)은 시카고의 어느 봄날 아침을 생각한다.

…지난밤의 거대한 공장 깊은 곳에서,
푸른 날씨 기계를 작동시키는 비밀의 바퀴가
갑자기 이런 서늘함을 가져왔다.

나의 아침 산책을 부옇게 만드는 호수에,
샤프란 빛, 쪽빛, 수염과 줄무늬가 있는
붓꽃이 가득한 공터에,

맑은 저녁 고층 빌딩 꼭대기를 항해하는
적운처럼 부서진 벽돌 사이의
라벤더 빛 구름의 충격을.

여기서 날씨는 숨겨진 산업적인 원천, 즉 하늘 깊은 곳의 기계장치에서 나왔지만 이런 묘사적 수식은 단지 공상적인 것이 아니다. 헐은 항해하는 적운과 그것을 닮은 빌딩 꼭대기 위의 부서진 벽돌처럼 계속해서 자연적인 것과 인공적인 것을 연결한다. 확실히 도시적인 영혼인 그녀는 우리와 분리된 자연에는 그다지 관심이 없다. 대신 그녀는 이런 범주들 간의 차이에 반론을 제기하고 인간의 풍경을 세상과 분리할 수 없게 만들려 한다. 「시폰」(Chiffon)이라는 제목의 이 시는 다른 범주들의 경계도 흐릿하게 한다. 가난

한 소녀들은 중고 드레스를 입고 노래함으로써 멋지게 변신한다. 한 백인 소녀는 적어도 슈프림스[¤]의 일원인 척하는 동안은 흑인이 된다. 그리고 '날카로운 향기를 머금은' 붓꽃은 지금과 그때, 이 순간과 저 순간, 달콤한 기억과 쓰디쓴 역사의 모퉁이들 사이의 경계를 흐릿하게 한다.

다음은 우아하면서도 경제적으로 망자들을 불러내는 말레나 묄링(Malena Mörling)의 시 「여행」(Traveling)의 첫 번째 연이다.

새벽을 지나
여전히 불 밝혀진
가로등처럼
망자들이
액자 속
사진에서
우리를 응시한다.

동이 트고 나면 가로등이 길을 비추지 않듯이, 자신의 시간을 지나서 빛을 발하는 망자들은 정확히 현재를 비추지 않

¤ The Supremes. 미국의 흑인 여성 트리오.

는다. 그럼에도 불 켜진 가로등과 망자들은 존재하며, 이 의외의 두 요소들의 연결은 릴링의 시에서 엄청난 역할을 한다.

여기서 소개한 모든 경우에서 이질적인 요소들의 연결은 생생한 지각을 설명하는 것 이상의 일을 한다. 최고의 묘사는 단순히 장식적이기만 한 것이 아니라 그 자체로 의미를 만들고, 현실의 본질에 대한 주장을 구축한다.

불완전

묘사는 필연적으로 **불완전**하다. 그 사실을 인정할 때 묘사는 더 감동적이고 더 정확해진다. 헤이든 캐루스(Hayden Carruth)의 시 「무슨 일이 있어도, 결국, 그 아름다운 단어」(No Matter What, After All, and That Beautiful Word So)에서, 화자는 기러기 떼가 머리 위로 날아가는 소리를 집 안에서 듣고 그 소리가 지닌 힘을 묘사한다.

> 때는 그들의 가장 큰 이동 시기였고,
> 기러기 떼가 볼드윈스빌 너머
> 비버 호수를 향해 빙빙 돌아 나아가며
> 시러큐스 밤하늘에서 가깝게 또 멀게
> 몇 시간씩 노래 소리를 냈다. 우리는 침대에서
> 사랑을 나누고 이야기를 하는 동안 그 소리를 들었고,

가끔은 그냥 듣기 위해 가만히 누워 있었다. "저 소리를
뭐라고 해야 할까?"
너는 말했고, 나는 현실에 대한
습관적인 불쾌함을 보이며 대답했다. "미개함 자체지."
그러나 내가 틀렸음을 이내 알았다.

자신의 제한되고 부족한 대답에 대한 캐루스의 인정은 그의 시에 시동을 건다. 이 시를 끝맺는 더 쉬운 방법은 기러기 울음에 매혹된 것은 경계 없는 야생의 세계에 속한 뭔가를 향한 우리의 이끌림 때문이라는 관념을 인정하며 끝내는 것이다. 그러나 이 시에서 화자는 잠을 이루지 못하고, 스스로에게 너무 정직한 까닭에 쉬운 설명에 만족하지 못한다. 시는 계속된다.

내 마음을 들여다보았다. 우리의 사랑에도 불구하고
나를 둘러싸고 있는 집의 압박,
어둠 속에서 나를 향해 다가오는 것처럼 보이는
이웃한 집들의 압박을 느꼈다.
그리고 도시 전체, 그러고 나서
대륙 전체의 압박을, 나는 보았다.
기러기가 틀림없이 보고 있을

밤하늘 아래 어디로든 뻗어 나가는 형형색색의 조명들의
체계.

그렇다, (내가 희미하게 기억하는) 와이오밍
캐스퍼 변두리에 있는 맥도널드가
나를 압박하고 있었다. "왜 그걸 허용하는 거지?"
나는 스스로에게 물었다. "물론 끔찍한 문명이지만,
그 압박은 네 것이잖아." 그건 사실이었다.
나는 하늘의 소리에 귀 기울였고,
나 자신과 논쟁하지 않았다.

여기서 어떻게 인식이 점점 더 밖으로 이동하는지는 인상적이다. 처음에 시의 의식을 에워싸고 있던 방에서 이웃한 집들로, 그리고 시러큐스 전체로, 그 다음에는 위에서 보이는 대륙의 환영, 어둠을 잠식하여 "뻗어 나가는" 형형색색의 조명들의 체계로. 그런 다음 인식은 하강하여 기념비적 존재인 패스트푸드 레스토랑으로 내려온다. 그것은 우리가 만든 미국 세계의 특히 지독한 일례다. 한때 서부의 야생이었던 곳에 레스토랑이 자리 잡고 있다는 것에 화자의 기분이 상한 것이 분명하다. 그러나 우리가 부족한 문화적 풍경을 만들어 냈다는 생각이 기러기에게 가닿을 리는 없다. 기러기는 그저 이상한 소리로 우리에게 소리치는 것처럼 보이고, 우리가 만든 세상의 부족함이 기러기에게 끌리는 이유가 되지는 않는다.

시는 분명한 끌림을 설명하려는 일련의 강력한 시도로 끝을 맺는다.

그 소리는 다른 어느 소리와도 달랐고,
규정할 수 없고 이름 붙일(이름 부를) 수 없었고— 분명
내가 아까 말한 것처럼 노래는 아니었다. 우리에게 알려지지 않은
언어로 이루어지는 일종의 담론이라고 조류학자들은
말한다. 전적으로 이해하기 힘든
무언가에 대한 복잡한 담론. 그러나 풀밭에서 나는
귀뚜라미의 귀뚤귀뚤 소리도 마찬가지인데, 그것과 같지 않다.
내가 듣기로 라스코 동굴에서는 오리냐크
남자와 여자들이 다른 동물들로부터 분리되었고,
동물의 영혼을 돌에 그려서 그 트라우마를
줄이려 했다. 그리고 기러기들은 우리 창문 위에 있다.
아, 저 소리를 뭐라고 해야 할까? 하늘에서 이야기하는
종소리 같은, 그러나 멀리서 울리는 종소리 같은 말들,
계절이 바뀌는 밤에 우리 위에서

많은 이상한 말투의 언어, 보이지 않는 이야기,
의미심장함—이게 그건가? 온전하고
아무 의미 없는 의미심장함? 그러나 우리는 반응한다,
우리의 정신은 응답한다. 비록 그것을 똑똑히
표현할 수 없지만, 얼마나 위대한가, 이해할 수 없는
의미란! 저 위로 날아가는 우리의 잃어버린 영혼.
하늘에서 펼쳐지는 기러기들의 이야기. 그것이 있다. 그렇다.

이 구절 전체에 걸쳐서 캐루스는 우리가 듣는 소리에 대한 많은 표현들을 제안하고는 이내 퇴짜 놓는다. 그리고 결과로 발생하는 것은 그 소리의 강렬하고 복잡한 본성이어서 내가 여기서 한 단어로 쓸 수 없다. 나는 대신 "기러기의 ____________"라고 말함으로써 시인이 우리에게 제안했다가 퇴짜 놓은 표현들을 포함시킬 공간을 허용하고 싶다. **노래는 아닌, 전적으로 이해하기 힘든 무언가에 대한 복잡한 담론, 종소리 같은, 멀리서 울리는 종소리 같은 말들, 언어, 많은 이상한 말투, 의미심장함.** 말로 표현하려는 이러한 노력들은 우리 조상들의 기억, 우리 종이 나머지 종으로부터 분리되는 고통을 느낀 혈거인(穴居人)의 기억의 영향을 받고, 이 부족한 표현들의 목록 이면에는 잃어버린 연결감에 대한 갈망이 숨어 있다. 기러기 울음이 무엇을 '의미하는지' 말할 수 없지만, 그것은 우리가 응답하도록 도발한다. 우리는 그들을 이해할 수도, 그렇다고 그들의 존재에 대한 반응을 멈출 수도 없다. 그러한 역설은 여기에 행 바꿈으로 우아하게 표현되어 있다.

…얼마나 위대한가, 이해할 수 없는
의미란!

가장 엄격한 의미에서는 이해할 수 없는 어떤 것도 의미가 **아니라고** 말할 수 있겠지만, 캐루스의 시는 기러기와 우리 자신에게 존재하는 바로 그런 살아 있는 역설, 어떤 다른 형태의 말로도 번역할 수 없는 의미의 인식을 보여 준다. 기러기를 이해할 수 없지만, 우리는 행 바꿈의 공간, 논리가 메워 주지 않을 간극을 넘어가고 거기에 의미가 있다. 두 단어 모두 동시에 사실이다. 어떤 의미에서 시 전체가 그 작은 공간적 이동으로 요약된다. 그것은 이해할 수 없는 것과 의미 만들기 사이의 간극을 뛰어넘는다. 그러나 안정적이거나 쉽거나 영구적인 해석은 거부한다. '이해할 수 없는'이라는 단어는 지워지거나 생략되지 않고 그것과 상반되는 단어에 연결된다.

여기서 캐루스의 성취는 말의 바깥에 존재하는 '의미'를 인정하는 언어의 구성체를 만든 것이다. 우리는 왜 기러기의 울음이 우리의 마음을 움직이는지를 암시할 수 있지만 결코 설명할 수 없다. 그것이 언어가 가지 않는 장소로 우리를 부르기 때문이다. 부분적으로 이 전략이 가진 힘은 본인이 안다고 생각하지 않고, 적극적으로 알고자 노력하며 그 노력에 우리를 참여시키고, 언어와 이해의 한계를 침묵해야 할 이유가 아니라 더 깊이 파고들기 위한 자극으로 삼는 화자의 겸손함에 있다.

불확실성(UNCERTAINTY)

질문은 항상 답보다 조금은 더 믿을 만하다. 말하는 내용이 꼭 수사적인 질문의 형태를 취하지 않더라도, 최선의 묘사는 애매하게 남아야 하는 공간을 포함하고 한계를 인정한다. 존 애시베리는 볼록 거울을 보며 '이번에 내 몫이 될 만큼의 / 활기찬 공백'을 찾는다. A. R. 애먼스는 「코슨스 만」(Corsons Inlet)에서 "자유를 즐기며" 산책을 끝낸다.

> 한계가 나의 손에 잡히지 않는다는 자유, 시각의 최종성이 없다는 자유,
> 내가 그 무엇도 완전하게 지각하지 못한다는 자유,
> 내일의 새로운 산책은 새로운 산책이라는 자유를 즐기며 ….

우리에게 항상 “나는 아무것도 완전하게 지각하지 못했다”고 말해 줄 시인이 필요한 건 아니지만, 우리는 그런 압박을, 경계를 밀어붙이려는 열성과 경계가 있음을 인정하는 겸허함 모두를 느끼기를 원한다.

비유(FIGURE)로 말하기

이것은 모든 사람이 진실이라고 맹세하지만 항상 친구의 친구에게만 일어나는 것처럼 보여서 결코 증명할 수 없는 이야기 중 하나다. 나는 이 이야기를 제닌이라는 친구에게 들었는데 그녀가 그것을 어디에서 들었는지는 잘 모른다. 한 남자가 심리치료사에게 어머니와 싸운 이야기를 들려주고 있었다. 그들은 주방에 서서 말다툼 중이었고, 그가 설명했다. "어머니가 케이크에 당의를 입혔어요"(My mother put the icing on the cake). 치료사가 물었다. "정말이요?" 그가 말했다. "네." "어머님이 케이크에 당의를 입혔다고요?" "네." 심리치료사는 집요하게 물었다. "하지만 어머님이 어떻게 케이크에 당의를 입혔죠?" "그냥 케이크에 당의를 입혔죠." 그리고 그런 식으로 대화가 계속되다가 결국 그들은 실제 케이크에 대해 이야기하고 있다는 사실을 깨

달았다. 그의 어머니가 버터크림이 발린 바른 칼을 들고 있었던 것이다.[¤]

몇 년 전 여름 프라하에서 나는 정반대의 경험을 했다. 레스토랑에서는 종종 배려의 차원에서 체코어로 된 메뉴 아래에 영어 번역을 제공하지만, 그 번역은 믿을 수 없는 경우가 많다. 예를 들어 '동성애자(faggot)를 곁들인 비프 콘소메'[✧]도 우리를 어리둥절하게 했지만, '훈제 언어'(smoked language)라는 이름의 전채 요리만큼 이해하기 힘든 메뉴는 없었다. 당시 우리 테이블에 있던 일행 중 한 명이 암호를 해독했다. 'smoked language'는 'smoked tongue'(훈제 혀)[○]였다.

심리치료사는 언어는 당연히 은유적이어야 한다고 생각했고, 반면 고지식하지만 선의가 있었던 메뉴 번역자는 언어를 문자 그대로 표현해야 한다고 생각했다. 내가 여기서 이 두 가지 짧은 일화를 말하는 이유는 그것이 비유적인 표현의 절대적 중요성을 시사하고 있기 때문이다. 말은 사물 자체, 다시 말해 그것이 아닌 무언가를 상징하므로, 모든

¤ 'icing on the cake'는 문자 그대로는 케이크에 당의를 입힌다는 뜻이지만, 통상 '금상첨화'를 뜻하는 관용구로 쓰인다.

✧ 'faggot'은 돼지비계와 내장 등을 갈아서 지진 것인데, 이 단어는 주로 동성애자를 비하하는 은어로 쓰인다.

○ 'tongue'이라는 단어에는 '언어'라는 뜻도 있다.

언어는 은유적이라고 말할 수 있다. 이집트학자 수전 브린드 모로우(Susan Brind Morrow)는 자연에 대한 관찰에 문자의 기원이 있음을 지적한다. 예를 들어 게가 집게발로 모래 위를 총총거리며 다니는 모습은 '쓰기'를 의미하는 상형 문자에 영향을 주었다. 단어를 사용하는 것은 단어를 비유적으로 사용하는 것이다. 우리는 은유를 호흡하고, 은유 속에서 헤엄치고, 은유 속에서 돌아다닌다. 그리고 이 세 문구의 동사들은 나의 요점을 보여 준다.

시의 과제는 언어의 모든 측면을 최대한 효과적으로 활용하여 그 속에서 우리가 그러지 않으면 들을 수 없을 미묘한 차이와 힘들을 발견하는 것이다. 그래서 시인은 우리가 매일 사용하는 비유적 표현을 탁월하게 다루는 사람, 같은 것과 다른 것을 연결하는 언어의 경향을 최대한 풍부한 효과를 내는 방향으로 활용하는 사람일 필요가 있다. 비유는 시에서 가장 정교한 경지에 이른다. 간결하게 압축되고 의미로 인해 생기가 넘치고 동시에 여러 방향을 가리킨다. 그리고 직유와 은유는 의미라는 케이크 위에 입혀진 당의처럼 단순히 장식적인 장치가 아니다. 비유적 표현은 그저 의미를 더 매력적으로 보이게 만들기 위한 방식이 아니라, 그 자체로 의미를 갖는다. 그것도 아주 중요한 의미를. 비유는 경험의 질감을 전달하고 경험을 탐구하여 의미를 찾기 위한 시의 주요 도구 중 하나다.

메이 스웬슨의 연상적이고 관능적인 시는 비유의 원리를 보여 주는 우아하고 성공적인 본보기 역할을 한다.

작은 사자 얼굴

작은 사자 얼굴
나는 허리를 굽혀
즙이 많은 빽빽한 꽃들의
무리에서 한 송이를 꺾었다.

느긋하고 넓게 퍼진 너의 비단 태양 바퀴
가장자리에 두 겹으로 줄지어 있는 테두리들,
나는 안으로 가져가서
화병에 꽂았다.

내 손가락에 묻어 끈적이는
너의 텁수룩한 줄기의 수액, 그리고
내 손에 걸린 너의 가시,
그로 인한 갑작스러운 따가움이

달콤했다. 이제 나는 대담하게도
너의 부어오른 목을 만지고,
매끄러운 꽃잎에 조심스레 입술을 대고,
너의 배꼽에서

황금색 꽃가루를 들이쉰다.
밤이 되기 전 아직 싱싱한 너를
남겨 두고 나는 떠난다. 새벽의 식욕으로
우리의 미끄러짐과 흡입을 재개하기 위해.

해 뜨기 한 시간 전
나는 너를 찾아온다. 너는
옹이처럼 뒤틀린 채 문을 닫고 있다.
의식 없이 목을 떨어뜨린 채,

힘없이 축 늘어진 꾸러미처럼,
접힌 고치처럼,
태양처럼 사방으로 빛을 뻗어 내던 너의 둥근 테두리가
빛을 잃고 회갈색이 되었다.

낯선 야생의 꽃이 잠들어

불꽃 같은 주름 옷깃이 시들고,
모든 마법이 멈추고,
나는 유리잔 속에

마실 것을 흠뻑 붓는다.
너의 물결치는 줄기가 빨아들이도록.
오, 너의 젊은 목을 들라,
문을 열고 꽃을 피워라,

너의 연인, 뜨거운 빛에게.
하늘을 향해 넓게 벌어진 황금 왕관.
나는 너, 사자를 내 눈에 담는다.
동틀 녘부터 밤이 될 때까지.

여기 비유적 표현의 여섯 가지 원칙이 있다.

1. 우리가 보는 것을 말한다는 것은 비유적으로 말하는 것이다.

직유와 은유의 첫 번째 과제는 묘사, 즉 어떤 것이 무엇과 비슷한지 말하는 것이다. 단순한 측정으로 그치지 않는 한, 비교에 의지하지 않고서는 그렇게 할 수 없다. 메이 스웬슨 같은 시인의 손에서, 이런 비교는 그 자체로 감각적이고 관능적인 우주다. 처음 두 연에서, 그녀의 민들레[¤]는 대형 고양잇과 동물의 얼굴과 "비단 태양 바퀴"의 축소판이다.

2. 비유적 표현들은 힘을 합쳐 감각의 네트워크를 형성한다.

물론 스웬슨이 선택한 은유는 민들레의 모습과 느낌에 정확히 부합하지만, 이 비유적 표현들 간의 관계는 시인이 여기서 은유적 게임을 즐기고 있음을 시사한다. 꽃을 따는 행위는 다른 무언가를 대신하고 있다. 그리고 그 '다른 무언가'가 무엇인지는 넷째와 다섯째 연에서 분명해진다. 이 두 연은 가장 열성적인 꽃 애호가마저도 지나치다 싶은 방식으로 꽃에 대한 감상을 묘사한다.

3. 비유는 자화상의 한 형태다.

스웬슨의 시는 민들레를 따는 것에 관한 내용이며, 분명 연애시이기도 하다. 그러나 이 시는 풍부한 묘사적 표현에 강하게 몰두함으로써 또 하나의 주제를 만들어 낸다.

¤ 민들레를 뜻하는 단어 dandelion은 프랑스어 dent-de-lion에서 나왔고, 이는 '사자의 이빨'이라는 뜻이다.

바로 지각하는 사람의 성격이다. 그것은 일종의 지각적인 특징이며, 개개인의 보는 행위에 대한 기록이다. 이것은 시의 중심적 요소들 중 하나다. 개성의 수단, 한 사람이 세상을 경험하고 시간과 공간 속에서 스스로를 이해하는 방식의 정수다.

4. 은유는 언어에 긴장과 양극성을 들여온다.

비유적인 것은 종종 풍부한 예상 밖의 언어를 시 속에 들여온다. 스웬슨의 경우, "내 손에 걸린 너의 가시, / 그로 인한 갑작스러운 따가움이 / 달콤했다"를 생각해 보자. 민들레라는 수단이 없었다면, "가시", "걸린", "따가움"은 아마도 이 연애시에 들어가지 못했을 것이다. 그리고 그런 단어들이 있어서 시가 더 현명하고 복잡해진다.

5. 은유의 거리 두기 측면은 우리가 보다 자유롭게 말하게 한다.

「작은 사자 얼굴」은 분명 여성의 성(性)에 관한 시다. 은유라는 수단은 여기서 스웬슨이 열띠고 흥분된 경험을 탐구할 수 있게 하는 약간의 '베일'을 제공한다. 나는 그녀가 직접적으로는 그런 경험에 대해 쓰지 않았을 거라고 생각한다(에밀리 디킨슨은 "나는 베일이 더 필요하다"고 말했다). 시가 그저 꽃을 꺾는 것에 대한 내용인 척하는 데는 분명한 쾌감이 있다. 왜 아니겠는가? (얇은) 가면을 쓴 즐거움이랄까? 내가 유타주에 있는 로건에서 강연을 하며 이 시에 대해 이야기했을 때, 스웬슨의 많은 친척들이 참석했다. 그중 한 명이 이 작품을 동성애의 시로 정의한 나에게 이의를 제기했다. "그 시는 그냥 우리가 민들레를 가지고 놀던 방식에 대해 쓴 겁니다"라고 그녀가 말했다. 나는 스웬슨에게 안쓰러운 마음이 들었다. 오래전에 죽은 그녀지만, 가족들은 여전히 그녀가 사실을 덮어 두기를 원하고 있구나! 그러나 그 순간 나는 수업 시간에 이 시를 읽고 눈물을 흘렸던 한 학생을 떠올렸다. 그 학생이 학교에 다니는 동안 누군가 스완슨의 시에 대해 이야기한 건 처음이었고, 그 시에서 그녀 자신의 에로틱한 경험이 너무도 분명하게 비춰진 것처럼 느꼈기 때문이었다. 이것은 좋은 베일의 효과를 보여주는 훌륭한 예다. 당신은 선택에 따라 그저 베일만을 볼 수도 있다. 그러나 원한다면, 또는 방법을 안다면, 베일 뒤에 숨어 있는 것을 읽을 수 있다.

6. 은유는 탐구의 행위다(우리가 이미 알고 있는 것의 표현이 아니다).

나는 스웬슨이 시를 쓴 과정에 접근할 수 없기 때문에 이것을 증명할 수는 없지만, 결과의 힘은 느낄 수 있다. 「작은 사자 얼굴」은 분명 그러한 발견의 성질을 가지고 있다. 그것은 어떤 생각(그리고 그 생각에 동반되는 일련의 감정들)이 작가 앞에 펼쳐질 때 발생하는 종류의 에너지다. 민들레와 연인 사이의 관련성을 만들어 내는 것에는 시인의 상상적인 에너지가 관여한다. 스웬슨이 자신의 민들레가 에로틱한 에너지와 성행위의 중단과 재개에 대한 시의 탐구를 촉진할 것임을 의식적으로 알고 있었다고 나로서는 상상할 수 없다.

이렇게 하여 은유는 일종의 논증, 서로 달라 보이는 것들 사이의 관계에 내포된 것에 대한 '심사숙고'가 된다. 그리고 독자는 이런 정신의 능동적 관여를 느낄 수 있다. 특히 스웬슨이 그녀가 구축한 짜릿한 음향적 구조들 속에 그것을 담았기 때문에 더욱 그렇다. 거의 끝부분의 시행들에서 연속적으로 길게 이어지는 '오'(o) 소리에 귀 기울여 보자. "Oh, lift your young neck, / open and expand to your / lover, hot light. / Gold corona…" 이것들은 기쁨의 '오'이지만, 어쩌면 또한 발견에 대한 만족스러운 감탄사이기도 하다. '오, 나의 은유가 의미를 만들어 냈어! 오, 감정과 긴장이 가득한 복잡한 무언가를 내가 만들어 냈어, 거의 경험만큼이나 신비롭고 생생한 뭔가를!'

색

오늘 아침 맨해튼에는 올해 들어 가장 큰 눈보라가 몰려왔다. 이곳에서 큰 눈은 중요한 사건이며, 멈추지 않고 질주하는 도시가 느릿해지고 조용해지고 환해진다. 워싱턴 광장에서는 개들이 눈 더미에서 뒹굴고, 아이들은 눈으로 손수 만든 작은 언덕에서 썰매를 타고, 삽으로 낸 길들이 넓게 트인 흰색 구역으로 흘러 들어간다.

그러나 길 건너 뉴욕대학 내의 화랑에는 순수하고 집중된 색의 영역이 있다. 리처드 디벤콘이 1950년대 초 앨버커키 시절에 그린 그림들을 전시한 매혹적인 소규모 전시회다. 이 그림들은 어떻게 그토록 생동감 있게 보이는 것일까? 격렬한 활동성이 드러나는 이 힘 있는 정사각형과 직사각형들을 음미하며, 나는 여러 다른 방식으로 그 질문에 답한다.

형태와 선의 순수한 밀고 당김, 이 덩어리들에 내재된 들썩이는 에너지와 그것들 간의 역동적 관계.

이것은 과도기에 있는 한 예술가의 작품이다. 그는 자신이 누구인지, 자신이 어떻게 나아갈 것인지 아직 잘 파악하지 못했고, 후기 디벤콘의 안정된 기술 대신 끊임없는 실험, 물감의 다양한 농도와 각양각색의 표면, 분주함과 고요함의 정도에 대한 시도가 있다.

그리고 때는 1951년이었으니, 이 대담하고 새로운 그림들을 볼 줄 아는 사람이 세상에 몇 명이나 있었을까? 그 그림들은 마치 비밀스럽게 그려진 것 같고, 그 급진성은 그림에 일종의 긴급함, 영구적인 놀라움의 성질을 부여한다.

그러나 여기서 생동감의 주된 원천은 디벤콘의 색에 대한 절대적인 기술과 색조에의 매혹이다. 그의 손에서—또는 문자 그대로 그의 손을 통해 나오는 물감에서— 색은 온전히 괴테가 "빛의 행위와 고통"이라고 부른 것이 되는 듯하다.

사막의 색: 협곡 적란운 돌 점토 황토 진흙 모래 석영 그림자.

회화는 풍경에 대한 문자적 표현 없이도 나름의 방식으로 땅과 하늘, 돌과 공간과의 조우를 기록한다. 강렬하고 인상적이고 빠르게 스치는 사막의 빛. 지도 제작. 항공 지도 제작. 술꾼의 몰입, 색의 깃듦.

우리는 언어로 쓰인 색을 그렇게 잘, 언어 없이 경험할 수 없으므로, 작가는 화가와 같은 식으로 색에 깃들 수 없음을 언제나 슬퍼한다. 그런 직접성, 예를 들어 빨간색과의 그런 매개되지 않은 조우는 절대 불가능하다. 그렇다면 색은 어떻게 지면으로, 독자의 내면의 눈으로 들어오는가? 분명 명명을 통해서는 아니다. '빨간색 문'이라고 말하는 건 그다지 도움이 되지 않는다. 그것으로는 감각이 작동하기에 충분하지 않다. 명명의 행위에는 구체성이 부족하고, 다른 감각들—당연히 함께 작동하기를 좋아하는 감각들—이 충분히 동원되지 않는다. 그런데 내가 다른 수식어를 덧붙이자마자, 어떤 차원의 기미가 나타난다. **긁힌 빨간색 문**. 조금 더 들어가면 물질성이 구체화되기 시작한다. **거칠고 긁힌 빨간색 문**. 이제 두 가지 질감이 색에 추가되었다. '거친'에는 장소(그 단어는 집안이나 도시를 연상시키지 않는다)와 시대의 암시까지 포함되어 있다.

아마도 미국 독자들은 뽐내듯 착용하던 다양한 색상의 사립 고등학교 스타일 신상 의류며 티셔츠, 스웨터 따위가 인쇄된 신상 제이크루 카탈로그가 우편함마다 꽂혀 있던 시절을 기억할 것이다. 색마다 **수영장**(pool), **파인**(pine), **시에라**(sierra), **스톤**(stone) 같은 기억할 만한 이름이 붙어 있었다. 그것은 닳고 닳은 마케팅 수법이긴 한데, 이름을 지은 사람들은 자신이 무엇을 하고 있는지 알았다. 그런 이름들은 그보다 직설적인 이름이 결코 할 수 없는 방식으로 색을 보게 할 뿐 아니라, 유혹적인 연상의 세계를 불러낸다. 수영장에서 사방으로 튀기는 물, 소나무의 시원한 향. 그것은 간접적인 방식의 명명이며, 크레욜라[¤]의 색들처럼 밋밋해 보이거나 어쨌든 거짓말이 될 가능성이 다분한 색채어의 문제를 피한다. 나뭇잎을 녹색, 나무껍질을 갈색이라고 말할 때, 우리는 언어를 조악한 지각적 약칭으로 축소시키는 것이다. 모든 나뭇잎의 색은 빛에 따라 변화하는 색채들의 복잡한 상호작용으로 만들어진다. 햇빛 속에서 바람에 흔들리는 러시아 올리브 나무를 보라! (홉킨스의 '바람에 나부끼는 하얀 마가목'과 '너울거리는 백양나무'를 떠올려보자.) 어린 시절 크레용 상자에 있던, '살색'이라는 끔찍한 이름이 붙은 색이 인간의 아름답고 다양한 피부와 거리가 먼 것처럼, 우리가 나뭇잎에서 보는 색은 '녹색'과는 거리가 멀다. 심지어 '러시아 올리브'라는 간단한 문구를 말하는 것도, 비록 순전히 연상에 의해서지만, 뒷면이 은빛인 그 나뭇잎의 순간적이고 항상 변화하는 측면을 말로 옮기는 것

¤ 미국의 미술 용품 제조회사.

이다.

그것을 염두에 두고 나는 내가 상상한 현관문에 또 하나의 색의 요소를 더할 것이다—**가문비나무 옆에 있는 거칠고 긁힌 빨간색 문**. 이제 첫 번째 색[빨간색]은 가문비나무라는 단어가 가져온 어두운 암녹색과 대화를 시작한다. 화가가 하나의 색 옆에 다른 색을 배치하여 대비와 긴장감을 조성함으로써 색에 활기를 불어넣는 것과 같은 방식이다. 드니즈 레버토브는 쌍을 이루는 색들을 이렇게 표현한다.

> …버터 색 감도는 노란빛의
> 좁은 플루트에서 나팔꽃이
> 파란색을 열고 뜨거운 아침에 몸을 식히는 것을.

'뜨거운'은 참으로 만족스러운 형용사다. 그것은 노란빛을 시인의 무대로 다시 데려오며 양쪽에서 꽃의 시원한 파란색을 열기로 에워싼다.

'대비되는 색'의 아름다운 사용은 A. R. 애먼스의 초기 시에도 나타난다.

겨울 장면

이제 벚나무에 이파리가
하나도 없구나:

어치가
뛰어들어 내려앉아,

순수한 맑은 소리로 외칠 때 외에는:
그때는 모든 나뭇가지가

몸을 떨고
파란 잎이 잔뜩 돋아난다.

여기 벚꽃은 없지만, 우리는 그 단어를 들을 때 색의 조그만 폭발을 상상할 수밖에 없다. 약간의 잠재적인 빨간색과 녹색만이 있던 공간에서 그 마지막 '파란'색이 '잔뜩 돋아날' 때 그 색은 얼마나 풍부해지는가. 그 시를 겨울의 파란색에 '관한' 시라고 말하는 것이 합당해 보일 정도다. 눈 위의 파란빛, 파란 겨울 황혼, 일몰 후 서쪽 하늘에 남은 그 겨울의 색조.

세부적인 것들을 명명하는 행위가 거미줄처럼 엮인 시의 지각 구조 속으로 색을 얼마나 강렬하게 끌어오는지는 참으로 놀랍다. 로버트 하스의 이 시는 애먼스의 시로부터 북미 대륙을 횡단하여¤ 등장했으며, '은빛'과 '금빛'만을 길잡이로 이용하여 매우 소박한 여름 풍경을 표현한다.

> 8월에 가까운 태양이 쏟아진 개울의 은빛,
> 그리고 밝고 건조한 공기, 그리고 식초풀, 금빛 연기, 초원의 녹✧ 같은
> 야생초 뿌리로 스미는
> 마지막 녹은 눈의 도랑…
>
> The creek's silver in the sun of almost August,
> And bright dry air, and last runnels of snowmelt,
> Percolating through the roots of mountain grasses
> Vinegar weed, golden smoke, or meadow rust…

—「그 음악」(That Music) 중

¤ 애먼스는 노스캐롤라이나주(미국 동부 끝에 위치), 로버트 하스는 캘리포니아주(미국 서부 끝에 위치) 출신이다.

✧ 각각 vinegar weed와 golden smoke, 그리고 meadow rust. 북미 대륙에서 서식하는 야생초들이며, 한국어 이름이 없는 관계로 시의 해설에 부합하도록 문자 그대로 번역했다.

뿌리와 풀, 식초와 연기, 녹. 어쩌면 이 부분은 회화에 가까워지려는, 불가능하지만 간절한 목표에 시가 도달할 수 있는 최대치인 것으로 보인다.

서풍

다음은 셸리의 「**서풍**에 부치는 노래」의 첫 부분이다.

I

오 거센 서풍, 그대 가을의 숨결이여!
죽은 나뭇잎들은 그대의 보이지 않는 존재로부터
휘몰린다. 마치 마법사에게서 도망치는 유령처럼,

누렇고, 검고, 창백하며, 열이 나서 빨간
역병에 걸린 무리들. 오 그대, 날개 달린 씨앗을
검은 겨울의 잠자리로 전차를 몰고 가서,

무덤 속의 송장처럼

차갑게 누워 있게 하는 서풍이여.
그대의 하늘색 여동생 봄이

꿈꾸는 대지 위에 나팔을 불어
(공중에서 먹이를 먹는 양떼처럼 향기로운 봉오리를 몰며)
산과 들을 생생한 빛깔과 향기로 채울 때까지.

어디서나 움직이는 거센 영혼이여,
파괴자이자 보존자여, 들어라, 오 들어라!

O wild West Wind, thou breath of Autumn's being,
Thou, from whose unseen presence the leaves dead
Are driven, like ghosts from an enchanter fleeing,

Yellow, and black, and pale, and hectic red,
Pestilence-stricken multitudes: O thou,
Who chariotest to their dark wintry bed

The wingèd seeds, where they lie cold and low,
Each like a corpse within its grave, until
Thine azure sister of the Spring shall blow

Her clarion o'er the dreaming earth, and fill
(Driving sweet buds like flocks to feed in air)
With living hues and odours plain and hill:

Wild Spirit, which art moving everywhere;
Destroyer and preserver; hear, oh, hear!

이것은 영어로 된 위대한 서정시의 시작 부분이다. 세상 속으로 사라지고 싶은, 생물체들의 삶 속에 몸을 내맡겨 대지가 그러하듯 새롭게 태어나고, 그래서 심지어 날아다니는 바람 자체가 되고, 생명의 활력이 되고 싶은 갈망을 주제로 하는 놀라운 시다. 이 시는 여기서 단독으로 한 알파벳 항목(W)을 차지할 만큼 이야기할 거리가 많은 작품이지만, 나는 여기서 묘사자의 기술이라는 렌즈를 통해 바라보며 몇 가지만 말하겠다.

1. 셸리는 그의 시를 기도문으로 구성함으로써 큰 힘을 얻는다. 서풍에게 직접 이야기함으로써 직접적이고 연결된 느낌, 다시 말해 화자와 비인격적이고 무작위적이고 무심한 힘으로 보일 수 있는 존재 사이에 이미 존재하는 일종의 유대감을 만들어 낸다. 또한 "오 거센 서풍, 그

대…"로 시작함으로써, 화자는 자신을 이미 친밀해 보이는 관계에 있는 것으로 상정한다. 그리고 다음에 나오는 단어가 숨결(breath)이기 때문에, 우리는 바람을 '내쉬는 숨'으로 생각하게 된다. 우리가 이 최초의 단어들을 말할 때 이 시와 우리의 폐가 숨을 내쉬는 것처럼 말이다. 셸리와 독자 역시 '바람'이다.

2. 2행의 첫 단어와 마지막 단어가 많은 것을 말해 준다. 2행의 바로 시작부에 'thou'가 다시 등장한다. 거리감이 큰 'you'(너)가 아니라 신성함이나 사랑을 암시하는 'thou'(그대)다. 그리고 첫 행에서 나온 그 단어를 반복함으로써 간절한 기도의 느낌이 조성된다. 행의 끝(leaves dead)은 예상되는 순서를 뒤집어, 그 마지막 단어가 생명 없는 손처럼 테이블로 떨어지게 만든다.
3. 다른 곳에서는 대부분 찬양의 용어로 쓰이는 가을 단풍이 여기서는 매혹적인 오싹함이 된다. 단풍은 마치 유령 같고 4행에 나열된 색들은 썩 유쾌하지 않다. 누렇고, 검고, "열이 나서 빨간"(hectic red) 색들은 조화롭지 못하고, 신경을 건드리는 일종의 불편한 동맹을 형성한다. 빨간색을 수식하는 그 단어를 다른 2음절 단어—'glowing'(빛나는), 'burning'(불타는), 'restless'(불안한)—로 교체해 보면, 거의 모든 단어가 hectic보다는 더 매력적인

것 같다. 그리고 목록의 남은 자리에는 색깔을 나타내는 단어에서 벗어나 질병과 연관된 용어인 '창백한'(pale)을 가져옴으로써 시에 활기를 돋운다.

4. "죽은"과 "창백한"은 다음에 올 질병과 부패와 관련된 연속적인 용어들을 위한 길을 닦는다. 나뭇잎을 "역병에 걸린 무리들"로 보고 날개 달린 씨앗을 "무덤 속의 송장처럼" 차갑게 보는 것은 화자의 정신 상태, 즉 바람을 "파괴자"로 해석하는 죽음의 기운에 깊이 물든 지각을 드러낸다.
5. 'chariotest'는 만족스럽게 혀에 착 붙는 좋은 동사다. 그것은 마치 서풍이 파르테논 신전에서 훌륭한 말들을 모는 신인 것처럼 고대 세계를 떠올리게 한다. 그 단어는 전투, 그리고 눈앞의 고통받는 군중을 사방으로 쫓아 버리는 잔인한 정복자를 암시한다.
6. 제3연의 마지막 행에서는 "하늘색 여동생"이 올 것임을 약속할 때 처음으로 희망의 징후를 보여 준다. 이 행은 봄과 재탄생, 죽지 않고 꿈꾸는 대지로 가득한 공간인 제4연으로 직접 이어진다. 그래서 시는 이제 두 가지 힘을 모두 갖게 되고, 파괴적인 힘이 (시작에 대한 즉각적인 전망까지는 아니지만) 적어도 약속과 균형을 이룬다.
7. 이 두 요소들이 도입됨으로써, 비범한 마지막 연은 두

가지를 균형 있게 담아내며 융합된 이중성의 세계를 소리쳐 불러낸다.

> 어디서나 움직이는 거센 영혼이여,
> 파괴자이자 보존자여, 들어라, 오 들어라!

> Wild Spirit, which art moving everywhere;
> Destroyer and preserver; hear, oh, hear!

그리고 이 말이 바람을 향해 하는 것임을 알더라도, 대문자와 영혼(spirit)이라는 단어 선택은 셸리의 시를 기도문으로 해석하지 않을 수 없게 한다. 기도의 상대는 유대-기독교의 신이 아니라 우주를 파괴하고 또한 유지하기도 하는 시바 신처럼 애니미즘적 신이다. 그러나 그가 하느님에게 복종하려 하지 않고 마침내 그 신이 되기를 원하는 것은 이 격정적인 낭만주의 기질의 특징이다. 그는 시 후반부에 외친다. "그대, 격렬한 영혼이여! / 나의 영혼이 되어라! 내가 되어라, 그대 충동적인 자여!" 그는 세상 속으로 부는 언어의 바람이 되기를 원한다.

수식어

독자에게 지면 위의 세상을 현실처럼 보이게 만들고 싶을 때 가장 먼저 드는 충동은 종종 형용사와 부사로 손을 뻗는 것이다. 그런 **수식어**는 문장이나 행에 수많은 감각적 성질을 부여한다. 그러나 조심해야 한다. 작가들은 종종 원재료 자체가 재미없어 보일 때 마치 주방의 양념처럼 그런 첨가물에 의존하는데, 명사와 동사 자체가 충분히 흥미롭지 않다면 형용사나 부사 양념을 아무리 써도 사실 큰 효과가 없다.

그래서 이 훈련이 필요하다. 진행 중인 초안에서 모든 형용사와 부사를 빼고 남은 것을 보자. 구체성과 정밀성을 더해서 남아 있는 명사와 동사를 강화할 수 있는가? 나의 요점을 이해하기 위해, **나무**와 **사사프라스**, **도구**와 **자귀** 사이의 차이를 생각해 보라. 나무를 말하고자 할 때 사사프라스라고 말할 수는 없지만, 종종 더 정확한 용어가 사용되어야 할 때가 있다.

이제 실제로 수식어를 지우고 난 뒤 정말로 아쉬운 것이 있는가? 그것들은 절대적으로 필요한 것인가?

엄격해야 한다고 주장하려는 건 아니다. 나는 극도로 간결하게 쓴 루이스 글룩의 시들을 좋아하지만, 다소 맥시멀리즘적인 앨리스 풀턴의 암시적이고 아른거리는 표면들 역시 나에게 기쁨을 준다. 장 콕토가 말한 것처럼, 문체는 복잡한 것을 말하는 단순한 방법이다. 문체가 말해 주는 것은 세상을 보는 관점에 대한 무언가, 시 작품 자체에 대한 그리고 개인적인 삶의 방식, 즉 인간의 성격만큼이나 다양한 사적인 언어를 소개해 주는 시인의 말하는 특성에 대한 무언가다.

그럼에도 불구하고 나는 작고한 연인, 무엇이건 멋져 보이게 하는 비상한 재주가 있었던 창문 디자이너를 떠올린다. 그는 외출하기 전, 옷을 입은 뒤에 거울 앞으로 가서 액세서리 하나를 떼어 내라는 조언을 하곤 했다.

실제

모든 것을 묘사할 수 있거나 묘사해야 하는 건 아니다. 무엇을 불러내고 어떤 장면을 **실제**처럼 보이게 할 것인지의 선택이 결정적으로 중요하다. 어쩌면 익숙함(말하자면 해변을 해변처럼 느껴지게 만드는 것은 무엇인가?)과 놀라움(특별한 구체성의 근거를 제공해 그 장면을 일반적인 것들로부터 구해 내는 것은 무엇인가?)을 자아내는 것은 그저 그런 몇 가지 요소일 것이다.

아름다움

아름다움은 단지 사랑스러움이나 우아함, 또는 기분 좋은 모습만은 아니지만, 그런 것들이 분명 아름다움의 일부일 수는 있다. 경험의 질감을 재현하려는 작가에게, 아름다움은 단순히 정확함, 즉 진짜처럼 보이는 것에 최대한 근접하는 것이다. 골웨이 키넬이, 아마도 한 줄에 같은 단어가 세 차례나 반복되면서도 여전히 절묘한 의미를 만들어 내는 유일한 영어 문장에서 쓴 것처럼, "**존재하는 것**은 그게 뭐든 내가 원하는 것이다"(Whatever *what is* is is what I want).

또는 수전 하우가 정확하게 쓴 것처럼,

> 아름다움은 **존재**하는 것이고
> 이야기되는 것이며, 바로 이
> **그것**—그 자체로 계속되는 그것**이므로**.

because beauty is what *is*

What is said and what this

it—it in itself insistent *is*

앎

묘사에서 진실성이란 무엇인가? 그것은 지각의 진실에 대한 충실함, 다시 말해 **앎**의 과정에 대한 관심과 헌신일 것이다. 감각 세계에 대한 우리의 지식은 고정된 것이 아니라 지속적인 재평가이며 세상을 판단하고 다시 판단하는 일련의 과정이다. 묘사의 작업이 앎의 과정을 면밀하게 표현하는 것이라면, 특이한 표현도 익숙한 방식의 표현과 마찬가지로 진실할 것이다. 따지고 보면 시는 의외의 것들에서 즐거움을 찾고 우리의 눈과 귀를 새롭게 하려고 노력하지 않는가. 러시아의 비평가 빅토르 슈클로프스키가 주장한 것처럼, 현실을 낯설게 하는 것이 바로 예술 작품이다. 낯설게 하기는 무시하거나 대체하는 것과는 사뭇 다르다. 슈클로프스키의 설명에 따르면, 예술 작품은 우리를 지각의 과정으로 되돌려 놓고 우리에게 눈앞에 있는 것들의 끊임없이 변화하고 도전하는 본성을 일깨운다.

그래서 E. E. 커밍스의 유명한 「r-p-o-p-h-e-s-s-a-g-r」은 구문론이나 문장의 관습, 전통적인 세부 표현 따위에는 별로 관심이 없으며, 힘찬 주의력으로 도약하는 곤충을 인지하는 행위를 표현해 낸다.

ㄸ-ㄱ-ㅜ-ㅣ-ㅔ-ㅁ
가
우)리(가 보)고 있는
것처럼 이제
ㄱㅣㅁㅜㄸㅔ
로
모):
아지
!고:
풀 썩
(뛰
어올라 .ㅁㄸㅜㅣㅔㄱ)
를
재배(이)열(루어)하(진)여
,메뚜기;

r-p-o-p-h-e-s-s-a-g-r

who

a)s w(e loo)k

upnowgath

PPEGORHRASS

eringint(o-

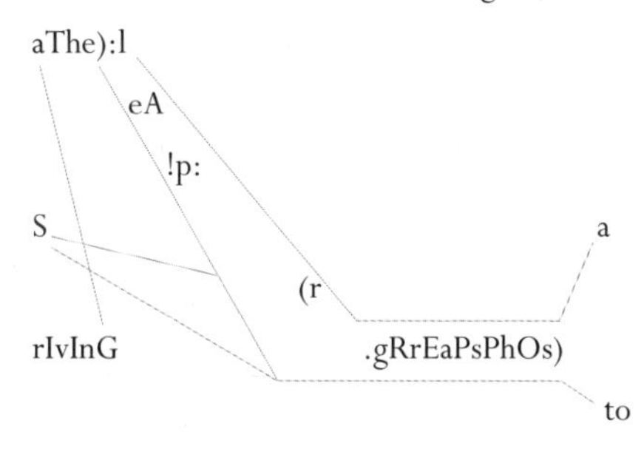

rea(be)rran(com)gi(e)ngly

,grasshopper;

이것은 뭔가가 도약하는 것을 보는 경험, 너무도 순식간에 일어나서 우리가 본 것을 뭐라고 규정하지 못하거나 동작을 식별하지 못하다가, 아! 그것이 갑자기 멈추고 시의 의식이 마지막 줄에 자리를 찾아 들어가면서 단어 자체가 모습을 드러내는 상황을 보는 것과 같다. 그것은 경험적 흐름의 작은 드라마이며, 뒤죽박죽된 요소들로 되돌아 갈 때만 우리가 그것들을 분류할 수 있다는 결론에 이른다. 우리는 커밍스의 단어들을 추적하고 해독할 수 있지만, 그는 거의 끝부분에 이를 때까지 고집스럽게, 단어들을 분석할 수 없는 미결 상태로 남기고 싶어 한 것이 분명하다. 그러다가 우리는 끝에서 두 번째 행의 '재배열하여'(rearrangingly)와 '이루어진'(become)의 놀라운 교차 배열에 이른다. 그것이 세상의 요소들이 하는 일이다. 눈에 보이는 사건이 일어나도록 '재배열'하는 동시에 그렇게 '이루어지는' 것. 이런 식으로 「r-p-o-p-h-e-s-s-a-g-r」은 고정보다 운동, 즉 에너지가 패턴화되어 형태의 세계로 들어가는 것을 강조하는 20세기 물리학의 세계관을 구현하는 시로 읽힐 수 있다. 이 시를 세미콜론으로 끝내는 것은 적절하다. 비록 우리가 마침내 인식할 수 있는 고정된 단어에 도달했지만, 그 구두점은 그 문장이 완전하지 않으며, 메뚜기는 곧 또 다시 뛰어오를 것이고 세상은 과정의 상태로 돌아갈 것이라고 우리에게 말하고 있다.

메이 스웬슨은 「(파도의 연구에 기초한) 모든 일이 일어나는 방식」이라는 시에서, 커밍스의 시를 염두에 두고서 파도의 움직임을 시각적 · 언어적 형태로 만들었을는지도 모른다.

일어난다.
위로
쌓여서
뭔가가
아무것도 일어나지 않을 때
그것이 일어날 때
뭔가가
뒤로
당겨서
일어나지
않는다.

그때 일어났다.
뒤로 당기고 위로 쌓이고
일어난다

일어났다 위로 쌓인다.
그것이 뭔가가 아무것도
뒤로 당긴다

그러면 아무것도 일어나지 않고 있다.

일어난다.
밀고
앞으로
위로
쌓이고
뭔가가
그러면

How Everything Happens

(Based on a study of the Wave)

happen.
to
up
stacking
is
something
When nothing is happening
When it happens
something
pulls
back
not
to
happen.

When has happened.
pulling back stacking up
happens

has happened stacks up.
When it something nothing
pulls back while

Then nothing is happening.

happens.
and
forward
pushes
up
stacks
something
Then

스웬슨의 제목은 커밍스의 시가 암시하는 것, 즉 특정한 관찰 대상이 보다 큰 세상의 행위들을 대표한다는 것을 명확히 말한다. 스웬슨의 파도 모델은—지금 내가 시를 입력하는 과정에서 또 한 번 발견하는, 파도의 위와 아래, 앞과 뒤, 당김과 부서짐을 생각하게 하는 복잡한 활동—뭔가가 일어나는 세상의 방식, 언제나 발생 중인 세상의 정력적인 밀고 당기기를 암시한다. 그것은 파도의 부서짐과 뒤로 물러남을 낯설게 할 뿐 아니라 문장과 시행을 다시 보게 만들고, 한 페이지에서 단어들의 움직임, 우리가 읽을 거라고 예상하는 방식과 세상이 꼭 선형성과 전진성에 따라 정돈되어 있지 않다는 것을 보여 준다.

(생각해 보면 흥미로운 사실은 이 두 시가 그 당시의 기술에 의해 창작될 수 있었다는 것이다. 이 시들을 손으로 썼다고 상상하기는 힘들다. 그 시들의 복잡한 패턴은 타자기가 가진 간격의 유동성과 단어와 손이 멀리 떨어져 있는 경향 덕분인 것처럼 보인다. 20세기의 지배적 쓰기 기술은 단어와 문자의 위치 지정 방식에 영향을 주고 페이지의 여백을 자유롭게 배치할 수 있게 한다. 타자기가 없었다면 『패터슨』(*Paterson*)도 『시편』(*Cantos*)도 『맥시머스 시편』(*Maximus*)도 없다. 문제를 내 보자. 20세기의 위대한 시집 중에 손으로 직접 쓴 것은 무엇일까? 물론 『인생연구』(*Life Studies*)와 『에어리얼』(*Ariel*)

이다. 21세기의 기술이 시 형식에 미친 영향은 아직까지 미결로 남아 있다.)

어조

모든 표현은 **어조**를 정하는 데 기여한다. 제임스 갤빈의 「특수 효과」(Special Effects)는 세탁물에 대한 묘사로 시작한다.

> 빨랫줄에 걸린 내 셔츠들이
> (소매 하나가 제 이웃의 어깨 주위로
> 다정스럽게 흩날린다)
> 장례식의 취객처럼 보인다.

별 노력 없이 쓴 것처럼 보이지만, 이 이미지는 화자의 감정 상태를 설명한다. 비유의 대상이 단순히 취객이 아니라 장례식에서 흠뻑 취한 사람이기 때문에, 이미지는 우스꽝스럽게 신랄하다. 그리고 단 하나의 부사인 '다정스럽게'(fondly)가 많은 역할을 한다. 이 부사의 뭔가가 화자의 뒤틀린 심리를 증명한다. 그는 침울한 순간을 불러내고 있지만, 또한 한발 뒤로 물러서서 이 묘사 행위를 어느 정도 즐기거나 적어도 본인의 냉소적인 입장을 가볍게 조롱할 수 있다. 그래서 이 어둠 속에 특유의 활력이 존재한다.

이 같은 어조의 작업은 화자의 성격과 심리 상태에 관한 생생한 정보를 제공한다. 제임스 L. 화이트의 「나 자신과 사랑을 나누기」(Making Love to Myself)에서 분명한 예를 볼 수 있다.

> 퇴근 후 당신이 들어와
> TV를 끄고 침대 가장자리에,
> 작업복에 밴 석유 냄새로 방 안을 가득 채운 채,
> 언제나 그렇듯 나를 깨우지 않으려 애쓰며 앉았을 때,
> 나는 길게 숨을 내쉬며 말하곤 했다.
> "제스, 자기 피곤하지?"
> 당신은 그렇게 피곤하지 않다고 말하며 내 배를 쓰다듬곤 했다.
> 나를 원해서가 아니라 그냥 다정한 행동이다.
> 그리고 나는 살짝 죽을 것 같다고 항상 생각했다.
> 당신에게서 타 버린 나뭇잎이나 장작 연기 같은 냄새가

났기 때문이다.

기억 속의 냄새, 가장 육체적이고 직접적인 감각을 통해 잃어버린 연인을 떠올린다. **석유, 타 버린 나뭇잎, 장작 연기**는 노동계급 남자로 보이는 '당신', 아마도 날마다 같은 작업복을 입고 실외에서 근무하는 듯한 누군가의 세상을 만들어 낸다. 강렬한 감정을 보여 주는 끝에서 두 번째 행이나, 그것이 구체적인 묘사의 행으로 이어질 거라고 예측할 방법은 없다. 그것은 마치 화자가 그 천에 얼굴을 대고 냄새를 맡으며 느끼는 것과 같은, 죽음에서 작업복으로 넘어가는 조금은 충격적인 방식이다. 이 세부 사항을 과거 시제—'냄새가 났기', '항상 생각했다'—로 만드는 간단한 표현은 관계를 확고하게 과거 속에 두고 있으며, 그렇기에 언급된 감각적 인식들은 그 직접성을 잃지 않은 채, 불현듯 떠오르는 날카롭고 구슬픈 기억이 된다. 우리는 또한 화자의 취약성을, 격렬한 감정 표출이 다음 행의 현실성과 맞붙는 방식을 의식한다. 마지막으로 '살짝 죽을 것 같다'에서 이 시 제목의 울림을 느낄 수밖에 없다. 오르가슴을 정신이 육신을 잠시 떠나는 작은 죽음으로 바라보는 엘리자베스 1세 시대의 시각이 엿보인다. 이 시에서 화자는 그런 결말을 향해 나아가려 시도하지만, 그 시도는 성공적이지 않아 보이고 계속해서 슬픔에 의해 궤도를 벗어난다. 오래된 작업복의 독한 냄새는 이제는 껴안을 수 없는 대상을 떠올리게 하는, 최음적인 동시에 징벌적인 존재다.

언어

언어의 불완전함이 빠르게 포스트모던 글쓰기의 클리셰가 되어 가고 있기 때문에, 우리는 갑자기 익숙해진 망설임, 즉 언어의 능력에 대한 의심에 의존하지 않고 단어의 불가피한 제약들과 협상하는 방법에 대해 생각할 필요가 있다. 1990년대 중반 아이오와에서 내 학생들은 "언어를 믿지 못해"라고 말하곤 했다. 이제 창작에 몸담은 사람이라면 누구나 언어를 불신하고, 우리가 읽는 시의 절반이 말로 표현할 수 없는 것들의 존재를 인정한다. 그렇다면 뭘 어떻게 해야 할까? 언어는 우리가 언어에게 기대하는 일을 하지 않을 테지만, 우리에겐 다른 수단이 없다. 그러니 우리는 계속 앞으로 나아가고, 마치 언어가 우리가 원하는 것을 할 수 있는 척 행동해야 한다(이따금 언어가 「나 자신의 노래」나 『부드러운 단추들』*Tender Buttons*처럼 세상을 달라지게 하는 뭔가를 우리에게 준다는 기적적인 사실을 어느 정도 믿으면서 말이다). 어쩌면 우리는 양극단—한쪽은 지시성에 대한 완전한 포기, 다른 한쪽은 단어들이 통제 가능하며 그것이 우리가 말하려고 의도한 바를 말할 수 있다는 시대에 뒤떨어진 개념— 사이의 흥미로운 중간 지대에 살 수 있다.

엑스레이

엑스레이: 눈에 보이는 것 아래에는 무엇이 있는가? 단풍나무 이파리의 녹색 아래에서 타는 듯한 암적색 당(sugars)을 보거나 지나가는 뱀의 특유의 미끄러운 표면 아래에서 우아한 작은 뼈들의 S자 곡선을 보는 것이 가능할까? 그리고 뼈 아래는 어떤가? 물론 시는 그처럼 어디로든 자유롭게 이동할 수 있다. 「물고기」에서 화자의 눈이 비늘로 덮인 표면 아래에서 내장과 부레를 살펴보는 것 같고, 로버트 하스의 「그 음악」에서 시인의 의식이 토양 아래로 파고 들어가 "야생초 뿌리로 스미는" 녹은 눈과 함께 존재하는 듯 보이는 것처럼 말이다. 셸리는 매혹적인 (그의 시에서는 썩어가고 역병을 일으키는) 가을의 육체 아래에서 사물들 속에 작용하는 어떤 역동적인 원리, 어떤 부패와 부활의 대수학을 꿰뚫어 보고 있을까?

욕망

다음은 2008년 발렌타인데이 주간에 롭 브레즈니[¤]가 쓴 내 별자리에 대한 별점이다.

> 영문학자 수잔 유하스(Suzanne Juhasz)는 에밀리 디킨슨의 에로티시즘이 그녀의 시 대부분을 "변주하고(어형 변화, 격 변화를 통해 문법적으로 활용한다는 의미에서) 가득 채운다"고 말한다. "관능적이고 미묘하고 뻔뻔스럽고 극단적이고 이상하고 심오한, 에로틱한 **욕망**은 그녀가 세상과 상호작용하는 방식이다." 점성술의 관점에서, 사자자리인 당신이 앞으로 며칠간 그와 비슷한 사랑을 실험할 만도 하다. 그 과열된 영예의 기간 동안 당신은 즐거울 것이고, 무엇보

¤ 미국의 점성가, 작가이자 음악가. 주간 운세 칼럼 「자유 의지 점성술」을 쓰고 있다.

다도 세상 전체와 사랑을 나누려 한다면 흥미로운 일이 일어날 가능성이 크다. 융합의 충동은 그저 케이크 위에 뿌린 당의[¤]여서는 안 된다. 그것은 당의여야 하고, 케이크여야 하고, 그것이 놓인 접시여야 하고, 당신이 케이크를 먹는 것, 케이크를 남들에게 나눠 주는 것, 그리고 당신이 케이크와 마주친 것에 대해 스스로에게 하는 모든 이야기여야 한다.

¤ 'icing one the cake'. 126쪽의 주를 참조.

윤곽 소묘

소묘를 공부한 사람이라면, 인간은 눈앞에 펼쳐진 풍경 가운데서 자기 앞에 있는 것을 직접 표현하려고 시도하기 전까지는 그것에 대해 잘 모른다는 사실을 안다. 묘사의 기술은 어느 정도 지각의 기술이다. 자신이 보는 것을 말하려면 보는 행위의 집중력을 높여야 하며, 더 많이 볼수록 더 많은 정보를 얻게 된다. **윤곽 소묘**(CONTOUR DRAWING)가 그 훌륭한 예다. 그것은 단지 개별적인 사물을 그리는 것뿐 아니라 연필로 윤곽선을 따라가는 작업을 수반한다. 이제 눈만을 가지고 이 작업을 시도해 보라. 이 책의 지면에서 눈을 들어 눈앞에 있는 선, 어떤 사물의 바깥 테두리를 선택하여 그것을 눈으로 따라가 보라. 다른 선과 교차하는 곳에서는 어느 쪽으로 갈지 선택해야 한다. 그 결과로 나오는 시각적 여정이 꽤 복잡하게 느껴질 수 있다. 그것은 우리

앞에 있는 세상을 서로 접촉하지 않는 별개의 사물들의 구성이 아니라, 상호 연결된 선들의 연속적인 영역으로 보게 만든다.

묘사를 잘하려면 주의 집중력을 놓치지 않아야 한다.

음향성

시의 음악성, 시의 **음향적**(SONIC) 질감은 그 자체로 하나의 가치다. 그것은 어느 정도 시의 본질이며, 손쉽게 시를 산문으로 대체할 수 없게 하는 요소다. 소리라는 시의 몸체는 구체적이고 특유한 살점이다.

음향적 질감은 묘사의 작업에서도 특정한 역할을 하는데, 그것은 표현된 현실을 더욱 설득력 있게 느껴지도록 하고 언어를 마치 세상처럼 두드러지게 만드는 것과 관련이 있다. 다음은 게리 스나이더의 『신화와 텍스트』(*Myths and Texts*)의 한 부분이다.

석편과 연어.
순수하고 달콤하고 쨍 소리와 함께
곧게 쪼개지는

울창한 하안 계곡의 적삼나무

쑥대밭 된 양치식물 위에 너부러진 널조각들.

숯이 된 통나무

불탄 자리에 나는 잡초와 꿀벌

새 오리나무에 의한 오래된 화상

매끈한 자갈 위로 흐르는 개울,

그곳 노스캐롤라이나 벌목공 농장에서는.

(눈 속에 여전히 몸을 웅크리는 고지대 전나무)

Stone-flake and salmon.

The pure, sweet, straight-splitting

with a ping

Red cedar of the thick coast valleys

Shake-blanks on the mashed ferns

the charred logs

Fireweed and bees

An old burn, by new alder

Creek on smooth stones,

Back there a Tarheel logger farm.

(High country fir still hunched in snow)

스나이더의 첫 행에는 '과'(and)로 함께 묶인 두 개의 명사가 나온다. 그 문장이 하는 일은 풍경을 대표한다고 말할 수 있는 이 두 요소, 장소의 특징적 요소를 연결하는 것이다. 그들을 연결함으로써 우리에게 얇은 조각과 생선 비늘의 관계, 돌의 회색과 연어 살의 회색-주황색-화강암 색의 관계를 생각하도록 초대하고, 생물체와 비유기체가 하나라고, 하나의 결합된 몸이라고 암시한다. 두 개의 s와 장음 a 하나, 단음 a 하나, 두 개의 l, 행 끝에 갑작스러운 마침표로 끊어 낸 짧은 행의 음악(Stone-flake and salmon).

그런 뒤 길고 횡설수설하며 공허한 문장이 펼쳐진다. 마치 우리가 하나의 세부 사항에 대한 정밀한 관찰로부터 눈앞의 길에 펼쳐지는 보다 넓은 장면, 자음과 모음으로 이루어진 풍경으로 넘어간 것 같다. 시행들은 우리에게 소리 내어 읽어 달라고 간청한다. 그것들을 입으로 읽으면, 'The pure, sweet, straight-splitting / with a ping / Red cedar of the thick coast valleys'에서 앞으로 나아가는 힘이 뭔가 복잡하게 가로막힌다는 느낌을 받지 않을 수 없다. 'with a ping'은 심지어 시행에 단독으로 쓰이며 안으로 쑥 들어가 있어서 움직임을 더욱 복잡하게 만든다. 삼나무는 곧게 쪼개지지만 저항하기도 한다. 그리고 시행들은 향기로운 나무의 밀도와 도끼 아래에서 그것이 쪼개지면서 내는 기분 좋고 견고한 울림을 고스란히 흉내 낸다.

'shake-blank'(널조각)가 정확히 무엇인지는 잘 모르겠지만, 그것은 삼나무 널, 삼나무 통나무에서 잘려진 지붕널과 관련이 있을 것이다. 그러나 그 행은 무척 확고한 물리적 실체를 가지고 있어서 나는 'shake-blanks on the mashed fern'을 혀와 턱에 관련된 근육 운동에 대한 구절로 즐기고 싶다. 처음 나오는 두 단어를 끝내는 두 개의 k를 나중의 d와 f가 흉내 내고, 첫 단어의 장음 a는 blank와 mashed에서 조화를 이루는 두 개의 단음 a에 길을 내어 준다. 그 행의 여섯 단어 모두 단음절어이며, 이는 이 소리의 사슬이 단단하고 거칠게 보이도록 만든다.

그리고 그런 식으로 계속된다. 우리는 스나이더의 시행들을 따라간다. 그것이 마치 그 자체로 오솔길인 것처럼, 소리의 숲을 통과하는 길인 것처럼, 뚜렷하게 구체적인 풍경인 것처럼. 지역적인 것에 참 충실한 시인이다.

유세프 코무냐카가 월트 휘트먼에게 말을 거는 시 「코스모스」(Kosmos)도 지역성에 대한 충실함을 노래한다. 이 구절은 휘트먼에게도 코무냐카 본인에게도 한때 고향이었던 도시, 뉴올리언스에 대해 생각하는 부분에서 나온 것이다.

바람에 나부끼는 나뭇잎, 스케르초,

나팔바지로 한껏 멋을 낸 벨리 댄서
반으로 갈라져 어제와
내일이 된 흑백 혼혈의 달,

만개한 난간.

Wind-jostled foliage —— a scherzo,
a bellydancer adorned in bells.
A mulatto moon halved into yesterday
& tomorrow, some balustrade

full-bloomed.

이 부분에 묘사된, 물리적인 것 못지않게 문화적인 풍경은 초목이 무성하고 관능적이고 꽃이 만발하다. 음악은 스케르초, 바람에 나부끼는 나뭇잎의 짤랑임처럼 이름이 붙은 것들에서뿐 아니라 폭포수처럼 연속적으로 이어지는 'l'[알파벳 '엘'](jostled, bellydancer, bells, mulatto, halved, balustrade)과 내부적인 각운들(scherzo/mulatto, halved/balustrade, moon/bloomed)에서도 나온다. 이것은 역사와 에로스를 연상시키는 매혹적인 도시다. 그리고 시의 정교함은 화자 본인이 다시 그곳으로 돌아가 황홀한 추억에 몰입하고 싶은 마음을 나타낸다.

음향적 재질은 그 자체로 찬사의 한 형태, 무언가에 대한 일종의 음미다. 골웨이 키넬이 "톱의 길고 완벽한 사랑스러움"(the long, perfect loveliness of sow)에 대해 말할 때, 그는 우리가 그 'o'들의 입의 공명—'long', 'love', 'sow'—을 느끼기를 원한다. long의 o를 길게 늘여 love의 짧은 o에 가까이 붙이고, 다음으로 sow의 깊은 바이브레이션을 배치한다. 그럼으로써 모음 자체의 바람이 부는 듯한 소리와 둥그런 모양이 화자 자신에게 일종의 병렬 말뭉치[¤]가 되어, 그녀를 향한 감정적 입장을 말하고 시가 묘사하는 기쁨과 축복을 물리적으로 실현하거나 입증한다.

¤ parallel text. 글 옆에 번역어를 나란히 배치한 것. 여기서는 모음의 소리 자체가 별개의 언어이며, 시의 내용을 말해 준다는 의미로 이렇게 표현한 듯하다.

이름

이견: 몇 년 전 유세프 코무냐카와 나는 '시와 지구'라는 포괄적인 제목의 토론회에 참여한 적이 있다. 우리 중 누가 먼저 말했는지는 기억나지 않지만, 각 입장의 골자는 이랬다.

유세프는 우리와 사물 사이에 언어가 존재하며, 우리가 본 것에 대해 **이름**을 갖게 되는 순간 우리는 세상과 어느 정도의 분리를 경험한다고 말했다. 그래서 에덴에는 분열을 야기하는 의식을 지닌 뱀이 등장했다. 만일 우리가 언어라는 매개체를 통해 세상과의 친밀한 관계로부터 벗어나게 된다면, 우리는 스스로를 해치고 있다는 느낌 없이 세상을 파괴할 수 있을 것이다.

나는 우리가 본 것에 이름을 많이 붙일수록, 그것에 대해 더 많은 언어를 갖게 될수록, 그것을 파괴할 가능성이 적어진다고 말했다. 예를 들어 쇼핑몰을 만들기 위해 도로 옆 들판을 불도저로 밀어 버릴 계획이라고 치자. 그곳이 우리에게 그저 일반적인 '목초지'로만 보인다면, 큰 키에 평평한 잎을 가진 밀크위드가 유액을 분비하고 2천 마일을 날아온 제왕나비가 이 유액에 기대어 번식한다는 사실을 알거나, 금낭화와 쇠비름, 명아주의 이름, 또는 작은 군집들의 먹이가 되는 우산 모양의 커다란 당근꽃 이름을 댈 수 있을 때만큼 크게 관심이 없을 것이다. 산형꽃차례[꽃이 우산 모양으로 피는 것]가 뭔지 안다면 세상이 더 커지고 소중해지지 않을까? 그래서 에덴에서 낙원은 기교 있게 배열된 보다 복잡한 장소가 되었고, 그 상실은 더욱 날카롭게 느껴졌다.

우리 둘 다 옳았다.

절대 없다

시어도어 로스케: "묘사가 하찮아지는 순간은 언제인가? **절대 없다**(NEVER)."

투영

투영: 우리가 세상이나 다른 이—또는 사슴—를 자신의 한 형태로 바꾸는 심리적 메커니즘. 내가 방금 시도했는지도 모른다. 문학적 묘사를 업으로 삼는 우리 같은 사람들에게, 투영은 죄가 아니라 영업 자산이자 운영 방식, 작업 방식이고 우리가 하는 예술의 특징이다. 관찰자가 피관찰자를 변화시키고 측정자가 피측정자에게 영향을 준다는 근대 물리학의 통찰들이, '감정적 허위'[¤]라 불렸던 이 투영을 인간의 필연적인 지각 작업을 표현하기 위한 부정적 용어로 보이게 만든다. 당신이 비참하면, 당신 눈에 나무도 비참해 보인다. 이것을 피할 방법은 없겠으나, 당신이 그렇게 하고 있다는 사실을 아는 편이 좋을 것이다.

¤ pathetic fallacy. 동물이나 사물에게 인간의 감정이 있는 것처럼 묘사하는 것.

포기

모든 것을 **포기**하라, 그 무엇도 억지로 하지 말라

같은 주기로 돌아가는 세월:
1등이 되려는 열망,
그리고 그 기저에 있는 결핍.

그리고 오늘 아침, 봐! 이제 끝났어,
이 굉장한 빨간 것과
그 위의 초록색, 노란색 고리들과 별들로.

대회는 끝났다:
나는 물러섰고,
나는 아름답다: 욥의 마지막 딸들,

계피, 아이섀도, 비둘기.

대회는 끝났다:

나는 손을 떨어뜨리고,

이곳은 너의 정원이다:

계피, 아이섀도, 비둘기.

YIELD Everything, Force Nothing

Years circling the same circle:

the call to be first,

and the underlying want:

and this morning, look! I've finished now,

with this terrific red thing,

with green and yellow rings on it, and stars.

The contest is over:

I turned away,

and I am beautiful: Job's last daughters,

Cinnamon, Eyeshadow, Dove.

The contest is over:

I let my hands fall,

and here is your garden:

Cinammon, Eyeshadow, Dove.

진 발렌타인(Jean Valentine)의 시는 내면의 묘사에 전념한다. 마치 시인이 내면의 목소리를 받아쓰거나 명상의 과정을 필사하는 것처럼, 그 시들의 충실함은 내부를 향한다. 그러나 그의 시는 또한 어렵게 얻은 명료성도 지니고 있으며, 주의 깊은 관찰을 통해 스스로를 우리에게 드러낸다. 이 시는 독자에게, 화자의 속도에 맞게 속도를 늦추고 똑같은 종류의 조용하고 주의 깊은 의식 속으로 들어가 내적인 사건들의 진행을 지켜보라고 요청하는 듯하다.

「모든 것을 포기하라, 그 무엇도 억지로 하지 말라」의 첫 번째 연은 예술가라면 누구나 인식할 수 있을 야망을 품은 상태를 상기시킨다. 성공을 향한 투지, 그러한 투지의 기저에 놓인 결핍 의식, 결코 충족할 수 없어 보이는, 인정받고 싶은 갈망. 그래서 뒤따르는 행에는 재미있고 유쾌한 지점이 있다. "그리고 오늘 아침, 봐! 이제 끝났어." 마치 그런 종류의 성취에 이를 수 **있었던** 것처럼 보인다. 그리고 예술가는 '그래, 내가 하고 싶었던 게 이거야'라고 말하며 뒤로 물러나 손을 털 수 있었다. 여기서 만들어진 것은 학교 과제처럼 유쾌해 보인다. 그리고 사실 화자는 그것이 '굉장하다'고 생각한다. 그리고 한 연에서 야망과 충족되지 못한 욕망 사이에 갇혀 있던 세월들을 거부하고 종지부를 찍는다. 이것이 너무 기쁜 나머지, 화자는 이 느낌을 우리에게 두 번 말한다. "대회는 끝났다."

마치 대회에서 우승하려는 것처럼 행동하는 데 우리는 얼마나 많은 시간을 보내고 있나? 돈이나 찬사를 얻기 위해, 또는 만족스러울 만큼의 사랑이나 성생활이나 아름다움이나 즐거움이나 성취를 얻기 위해? 마리 하우(Marie Howe)가 「산 자의 일」(What the Living Do)에서 말한 것처럼, "우리는 점점 더 많이, 그 다음에는 더 많이 그것을 원한다". 그것이 무엇이건.

제목이 가리키는 '억지로 하는' 행동은 발렌타인의 마지막 두 연에서는 사라진다. 그 결과는 무엇인가? 아름다움과 신비, 아등바등하지 않는 것, 무엇이건 하려고 애쓰지 않는 것. 나는 나의 분투를 멈추고 갑자기 '너'가 등장한다. '너의 정원'에는 이제 이 신비로운 딸들이 있다. 그 딸들의 인상적인 이름이 이 시에 향과 멋과 음영, 비둘기의 노래와 움직임을 부여한다. 물론 욥은 투쟁했고 고통받았지만, 이제 그의 딸들이 시의 후반부를 차지하고, 이름이 한 번, 그리고 두 번 등장한다(처음에는 고유명사로서 이탤릭체로, 두 번째는 기쁨과 즐거움을 상징하는 세 개의 일반 명사로서 로만체로).

내가 여기서 언급한 거의 모든 다른 시들과 달리, 발렌타인의 사랑스러운 우화는 외부 세계의 질감과 세부 사항에는 크게 관심이 없다. 이 시의 구체성은 내면세계의 감각적인 토대를 구성한다. 그럼에도 이런 표현 행위는 묘사, 그것도 매우 충실한 묘사의 행위다.

묘사의 A부터 Z까지 살펴본 나의 어휘 목록의 끝에 이르러, 나는 묘사를 묘사하기 위한 내 노력이 기꺼이 부분적이고 편파적이며 옹호의 작업이라고 느낀다. 놀랍게도 나는 여기저기서 묘사를 찾아다니다가, 지각에 그다지 호소하지 않는 최근의 시가 담긴 시집들은 휙휙 넘기게 된다는 사실을 깨닫곤 한다. 왜 그럴까? 나는 여기서 나 자신이 지각할 수 있는 것들, 있는 그대로의 것들, 주어진 것들, 불완전하게 알 수 있는 것들, 결코 끝마치거나 올바르게 이해하거나 온전하게 표현할 수 없는 것들, 우리가 말하고 또 말해야 할 것들에 충성하는 편에 서 있다고 선언한다. 묘사란 세상을 사실적으로 만든다는 임무를 수행하기 위해 우리가 동원할 수 있는 자원들 중 가장 강력한 것이다.

묘사의 기술

느낌을 표현하는 법

초판1쇄 펴냄 2022년 05월 20일
초판2쇄 펴냄 2022년 10월 21일

지은이 마크 도티
옮긴이 정해영
펴낸이 유재건
펴낸곳 엑스북스
주소 서울시 마포구 와우산로 180, 4층
대표전화 02-334-1412 | 팩스 02-334-1413
홈페이지 https://blog.naver.com/xplex
원고투고 및 문의 editor@greenbee.co.kr

편집 신효섭, 구세주, 송예진 | **디자인** 권희원, 이은솔
마케팅 육소연 | **물류유통** 유재영, 유연식 | **경영관리** 유수진

엑스북스(xbooks)는 (주)그린비출판사의 책읽기·글쓰기 전문 임프린트입니다.

책값은 뒤표지에 있습니다. 잘못 만들어진 책은 구입처에서 바꿔 드립니다.
ISBN 979-11-90216-47-0 03800